Simone de BEAUVOIR : "MALENTENDU À MOSCOU"

シモーヌ・ド・ボーヴォワール

モスクワの誤解

井上たか子 訳

Takako INOUE

人文書院

モスクワの誤解

序文

『モスクワの誤解』は、一九六六年から六七年に執筆された中編小説で、作品集『危機の女』（一九六七年）に収録される予定だった。しかしシモーヌ・ド・ボーヴォワールは、いくつもの紛れもない長所をもつこの作品のかわりに、別の中編小説「控え目の年齢」を『危機の女』のなかに入れた。その後『モスクワの誤解』は、一九九二年に、リール第Ⅲ大学の研究誌『小説20―50』に初めて掲載された。

『モスクワの誤解』は、ニコルとアンドレという初老のカップルが経験した夫婦の危機、アイデンティティの危機の物語である（この危機は作品の最後で乗り越えられる）。彼らは退職した元高校教師で、アンドレの先妻クレールとの間に生まれた娘、マーシャに会うために訪れたモスクワへの旅行中に、その危機は起きる。この小説で用いられている語りの形式は、扱われている主題にぴったり合っている。ボーヴォワールは、かなり頻繁に、いくつかの短いシーンごとに（作品は、ほぼ公平に配分された二四のシーンから成っている）、ニコルとアンドレの視点を入れ替えて、二人の主人公が時として、間違った思い込みや、口に出さない内心の失望、度をこした恨み心に囚われるのに対して、読者は特別な位置を占めることになるのだ。さらにこうした技法によって、ボーヴォワールは女性の視点と男性の視点を対比させながら展開することに成功している。そこには類似点と同様に相違点（アンドレの関心事はより政治的であり、ニコルのそれはより感受性に基づいている）が見られる。彼女はすでに、これまでの小説作品（『他人の血』、『レ・マンダラン』）においても、こうした二重の視点を用いているが、この作品における徹底的かつ相補的な用法には及ばない。

タイトルが示しているように、この中編小説は個人的な物語と集団としての大文字の物語／歴史とを緊密に結びつけており、一つの旅を契機に、夫婦の誤解が始まり、政治への失望が引き起こされる。この作品はこのように一九六〇年代半ばのソヴィエト社会主義共和国連邦に関するひとつの非常に興味深い（批判的）証言になっている。ボーヴォワールは、彼女がサルトルとともに、ソ連作家同盟の招待で、一九六二年から六六年にかけて数度にわたって滞在したときの経験からヒントを得ている（サルトルにとっては、ロシア人の恋人、レーナ・ゾニナに会うための旅でもあった。作中のマーシャはレーナの面影を宿している）。したがって、目前の情景や衝撃に敏感に反応する主人公たち、ニコルとアンドレの具体的な経験を通して、読者はこの国の変貌を推し量り、官僚主義の不条理がもたらした数々の痕跡に立ち合うのである。当時のソ連の文化的状況と中ソ緊張に支配された対外政策は、マーシャと父親のあいだに議論を引き起こし、結局のところアンドレはモスクワに社会主義の、かつての純粋な理想を見出すことが出来ずに失望する。チェコスロバキアへのソ連の侵攻後、一九七一年に執筆された『決算のとき』で語られるソ連の体制批判はより熾烈であり、自由の問題がより大きな場所を占めている。しかし、『モスクワの誤解』が詳細に描き出したソ連のありさまは、今も当時の状況の貴重な資料である。

ボーヴォワールは、カップルの危機のみならず、より多くの一般的なテーマも取り上げている。女性の登場人物は、女性の条件のさまざまな側面を物語っている。たとえば、ニコルは女性解放の意志をもち若い頃は闘争にも参加したにもかかわらず、あまりに家庭生活に明け暮れて、自分の野心を果たさなかったことを嘆いている。ニコルの息子フィリップの婚約者、イレーヌは、すべてを両立しようとして何も極めることのない新しい世代の女性を体現している。マーシャの伸び伸びとして自立した姿はソ連における男女平等に由来している。作品全体を通して流れているのは、他者との意思疎通の問題である。しかしながら、この小説はとりわけ、老いがもたらす影響――身体の衰弱、性へのあきらめ、計画の断念、希望の喪失といった苦くつらい影響の探求へと向かう。年齢についての考察は、〈時〉に関する自問へと導かれる（大詰めでのプルーストへの賛辞）。登場人物の心の動揺は、こうした熟考のすべてにとりわけ感動的な抒情的色彩を与える。「誤解」が深まるにつれて、過去がますます深く掘り下げられ、ついには人間の生きていることの意味そのものへの問いにまでいたる。「激しい不安が彼女を打ちのめした。生きていることの不安は、死の恐怖よりもさらに耐え難いものであった。」こうしたすべての問題群、すべての主題は互いに緊密に、そして必然的に絡みあっている。彼らの旅のガイドであり通訳でもあるマーシャの存在が危機を引き起こし、それを意識させるのだが、彼女はこの絡み合いの中心に位置している。

『モスクワの誤解』の代わりに書かれた「控え目の年齢」でも、ボーヴォワールは、ある誤解に直面した初老のカップルの状況をふたたび取り上げて、最初の作品にあった文章を文脈に合わせてかなり採用している。しかし「控え目の年齢」からはソ連に関するものはすべて省かれており、そこではもっぱら危機に置かれたひとりの女性の視点が採用されている。こうした選択により、新しい物語はよりスムーズに、『危機の女』のなかに挿入されることができたのだ。しかし、時間を置いて読み返すと、『モスクワの誤解』の作品としての豊かさは紛れもないものであり、単行本としての出版がふさわしい。

エリアーヌ・ルカルム＝タボンヌ

（註）本書の初出は『小説20―50』、第一三号、一九九二年六月、ジャック・ドゥギ編「シモーヌ・ド・ボーヴォワール」、一三七―一八八頁。
なお、二〇一一年に出版されたマーガレット・A・シモンズ、マリーベス・ティマーマン編、シルヴィー・ル・ボン序文『シモーヌ・ド・ボーヴォワール、『ごくつぶし』およびその他の文学作品』、イリノイ大学出版、ボーヴォワール叢書のなかで、テリー・キーフにより英訳（および紹介）されている。自筆原稿（NAF 27409）は、フランス国立図書館に所蔵。

ニコルは読んでいた本から目を上げた。うんざりだわ。意思疎通の不可能性についてのお決まりの文句ばかり！　ほんとうに伝えたいと思えば、それなりに上手くいくものだわ。誰とでもというわけにはいかない、それはそうよ、でも、二人か三人の人となら可能だわ。隣席で、アンドレは推理小説を読んでいた。彼女もアンドレに自分の不機嫌や愚痴や細々した心配などを黙っていたことはある。多分、彼のほうにも小さな隠し事はあっただろう。でも、大筋でお互いについて知らないことはなかった。彼女は飛行機の窓外にちらっと目をやった。見渡す限りの暗い森と明るい草原。これまで何度一緒に、列車で、飛行機で、船で、こうして並んで腰かけて、本を手にして、空間を分け進んだことだろう。これからも何度も彼らは並んで、黙ったまま、海や地上や空中を進んでいくだろう。こうした瞬間には思い出の甘美さと未来への楽しみが含まれていた。わたしたちは三十歳なのか、六十歳なのか。アンドレの髪は早くから白くなった。かつては、その雪のような白さは彼の顔色のしっとりした若々しさを引き立てて、お洒落に見えた。それはいまでも魅力的だった。皮膚は硬くなり、古い皮革のように細かいひびが入っていたが、口元と眼に宿る微笑は相変わらず輝きを保っていた。アルバムの写真は否定しても、彼の顔はいまも若い頃のイメージのままだった。ニコルにはいったい彼が何歳なのかわからなかった。おそらく、彼自身、自分の年齢を忘れているように見えたからだ。かつて彼は、あんなに走ったり、泳いだり、登ったり、そして自分の姿を鏡に映してみるのが好きだったのに、いまは無頓着にその六十四歳という年齢を受け入れていた。笑いや涙、怒りや抱擁、告白、沈黙、ほとばしる情熱とともに過ぎ去った長い人生、それでいて時には、時間は流れなかったかのように思われる。未来はいまも広がっている、果てしなく。

「ありがとう」

そう言って、ニコルはスチュワーデスの差し出すかごからキャンディを一個、取り出した。ニコルはスチュワーデスの堂々とした恰幅と硬い視線に威圧された。三年前に来たときにも、レストランのウエイトレスやホテルの部屋係にびくびくさせられた。愛想笑いひとつせず、自分たちにはそうする権利があるというような強い態度を前にすると、彼女たちの意向を受け入れるしかなかった。彼女たちの前では、何か過ちを犯しているような、少なくともその嫌疑をかけられているような感じがした。

「着いたわ」と彼女は言った。

少し不安を抱きながら、彼女は地面が近づいてくるのを見ていた。無限の未来、それは次の瞬間には砕けてしまうこともありえた。彼女にはよくこんな風に急に気分が変わることがあった。屈託のない安心感から疼《うず》くような恐怖への急変。第三次世界大戦が勃発したり、アンドレが肺がんに侵されたり――一日に二箱のタバコは多すぎる、多すぎるわよ――、それとも、飛行機が地面にぶつかって粉々になるかもしれなかった。それも案外いい終わり方だったかもしれない。二人一緒に、何の問題もなく。でもこんなに早くは嫌だわ、今は駄目。飛行機の車輪が――少し乱暴にではあるが、滑走路に接触すると、「今度も命拾いしたわ」と彼女は思った。乗客はコートをはおり、荷物をまとめた。待機の足踏み。長い足踏みの時間。

「白樺の匂いがするね？」とアンドレが言った。

とても涼しくて、ほとんど寒いくらいだった。先ほどスチュワーデスが、外の気温は十六度だとアナウンスしていた。三時間半の距離、パリは何と近く、遠いことだろう。パリでは今朝、この夏初めての猛暑に襲われて、アスファルトと驟雨《しゅうう》の匂いがしていた。フィリップは何て近く、遠いのだろう……。彼らは、バスで――一九六三年に来たときよりもずっと広くなった飛行場を横切って――、ガラス張りの、キノコのような形をした建物まで運ばれ、パスポートの検査を受けた。出口でマーシャが待っていた。ニコルは前に会ったときと同じように、マーシャの顔立ちにアンドレとクレールのまったく似ていない特徴が調和よく溶け合っているのを見出して、驚いた。ほっそりしてエレガントで、唯一、「かつらをかぶったような」髪型だけが彼女がモスクワっこであることを感じさせた。

「旅は快適でしたか。御機嫌よう。元気？」

マーシャはニコルにはていねいに、父親には親しげに話かけた。それは普通だったけれど、何となく妙でもあった。

「そちらの鞄をお持ちしましょう」

それもまた普通のことだった。けれども、男性が荷物を持ってくれるのは、こちらが女性だからだが、女性が荷物を持ってくれるのは、彼女のほうが若いからで、自分の老いを感じさせられる。

「荷物のチケットをくださいな。そして、あそこにお掛けになって待っていてください」とマーシャは威厳をもって言った。ニコルは従った。老いた女。アンドレのそばでは、彼女はしばしばそれを忘れていた。けれども、ちょっとしたことが、かすり傷のようにひりっとそれを思い起させた。「美しい若い女性」

と、さっきマーシャに気付いたとき、ニコルは思ったのだ。彼女は、三十歳の頃、アンドレの父が四十台の女性に同じ言葉を口にしたのを聞いて、可笑しかったことを思い出した。いまでは、彼女にも、ほとんど誰もが若く思える。老いた女。彼女はなかなか諦められなかった（アンドレに打ち明けていない数少ない事柄の一つ。それはこの悲しい驚愕だった）。「それでも、いい面もあるわ」と彼女は思った。定年退職には、お払い箱になるというような響きがあった。けれども、好きなときにヴァカンスが取れるのは、嬉しいことだった。もっと正確に言えば、毎日がヴァカンスである。灼熱の教室で、同僚たちはヴァカンスへの出発を夢見始めている頃だった。そして彼女はこうしてすでに出発しているのだ。彼女は目でアンドレを探した。彼は、雑踏のなかで、マーシャの横に立っていた。パリでは、彼はあまりにも多くの人たちのために忙殺されていた。スペインの政治犯、ポルトガルの囚人、迫害されたイスラエル人たち、コンゴやアンゴラ、カメルーンの反逆者たち、ヴェネズエラやペルー、コロンビアの地下運動員たち――そして、彼女がおぼえていない人たち――、そうした人たちのためにアンドレはいつでも、力の及ぶかぎり、援助する準備ができていた。集会、声明文、ミーティング、宣伝ビラ、代表団、彼はあらゆる仕事を引き受けていた。彼はいくつもの団体や委員会に所属していた。しかしここでは、誰も彼に頼みには来ないだろう。知り合いはマーシャだけだった。彼らは一緒に見物する以外には他にすることはないだろう。ニコルは彼と一緒に物事を発見するのが好きだった。そして、長い単調な幸福によって膠着していた時間がふたたびそのほとばしるような斬新さを取り戻すことを願っていた。彼女は立ち上がった。できればすぐにも、街の中に、クレムリンの壁の下に行きたかった。この国では待ち時間がどんなに長いかを、彼女は忘れていた。

「荷物はまだ?」

「そのうちやってくるさ」とアンドレが言った。

三時間半、とアンドレは思った。モスクワは何と近く、それでいて何と遠いことか。三時間半の距離なのに、マーシャには稀にしか会えないとはどういうことか？（用事が多すぎる、それに旅費のこともある）。

「長いね、三年は。老けたと思っただろうね」と彼は言った。

「全然。変わってないわ」

「君のほうはまたまたきれいになったね」

彼はうっとりとして自分の娘を眺めた。人生にはもはや何事も起きないだろうと思い、諦めていた（だがそれは、表には出さなかったものの、簡単なことではなかった）。ところが、いま、まったく新しい大きな愛情が自分の人生を照らしているのだ。最初彼は、クレールが日本やブラジルやモスクワから戻ってきて、数時間会わせてくれるだけだったおびえたような少女――当時はマリアと呼んでいた――にほとんど関心がなかった。その少女が大人になり、終戦後、夫を紹介しにパリにやってきたときも、相変わらず他人同然であった。けれども、一九六〇年に、マーシャがまた会いにきたとき、彼らのあいだで何かが起きたのだった。彼にはなぜ彼女がこれほど強く彼に愛着しているのかわからなかったが、心を動かされた。妻のニコルが彼に抱いている愛情はいまも生き生きとして、気配りがあり、喜ばしいものだったが、お互いにあまりにも慣れてしまい、アンドレには、いましがたマーシャのいくぶん厳しい顔を輝かせたような、眩《まばゆ》いばかりのときめきをニコルのなかに呼び覚ますのは難しかった。

「荷物はまだ?」とニコルが尋ねた。

「そのうちやってくるさ」

あわてることはない。ここでは、時間はたっぷりと与えられていた。パリでは、瞬く間に過ぎていく時間に悩まされ、会合と会合のあいだで引き裂かれていた。とりわけ退職してからがそうだった。彼は自分にできた暇を過大評価していたのだ。好奇心や無頓着から、山のような責務を引き受け、そこから逃れられずにいた。これから一ヵ月間、そうした状態から免れるだろう。呑気に暮らせるだろう。彼はこうした呑気さが好きだったが、度が過ぎていた。というのも、彼の心配事の大半はこの呑気さから生じるのだったから。

「ほら、荷物がきたよ」と彼は言った。

彼らはマーシャの車に荷物を積み込み、マーシャが運転席に座った。彼女は、ここでは皆がそうであるように、ゆっくり運転した。道路は新鮮な草木の香りがして、モスクワ川には小さな丸太舟の集団が漂っていた。アンドレは自分の中に感動が湧き上がるのを感じた。こうした感動がなければ、彼にとって人生は味気ないものだっただろう。ひとつの冒険の始まり。それは彼を高揚させ、恐れさせた。発見という冒険。成功すること、ひとかどの人物になること、そうしたことには彼はまったく無頓着だった。(もし母親が否応なしに、彼が勉強を続けるようにわが身を犠牲にして尽くしたのでなければ、両親と同じ身分、つまりプロヴァンスの太陽の下の小学校教師という身分で満足していただろう。)彼には自分の存在の真実、自分自身の真実は彼のものではないと思われた。真実は世界のあちこちに人知れずひっそりと点在しているのだ。そうした真実を知るためには世紀を遡り、さまざまな場所を訪ねなければならない。彼が歴史や旅行を好むのはそのためだった。書物の中に屈折した過去を冷静に研究する一方で、未知の国との接触は――その生き生きとした豊かさにおいて、彼がその国について知ることのできたすべてを凌駕し――いつも彼にめまいを感じさせた。いま知ろうとしている国は他のどの国よりも彼の関心を引いていた。彼はレーニン崇拝のなかで育てられた。八十三歳になる母親はいまでも共産党に列して闘っていた。彼自身は入党していなかったが、希望と絶望の渦にもまれながら、つねに、ソ連が未来への鍵を、したがって現在の鍵を、そして彼自身の運命の鍵を握っていると考えていた。しかし、スターリン主義の暗黒の年月においてでさえ、これほどにこの国が理解しがたいと感じたことはなかった。今回の滞在は彼の理解を助けてくれるだろうか。六三年には、観光客として――クリミアやソチを――表面的に見て回った。今度はいろいろ質問してみよう、新聞も読むようにしよう、群衆のなかにも入っていこう。車はゴーリキー通りに入った。通行人たち、さまざまな商店。ここで自分の家にいるような気分になれるだろうか。うまくいかないのではないかという思いが突然彼の心を乱した。「もっと真剣にロシア語を学んでおくべきだった」と思った。これもまた、彼がしようと決めていたのにしなかったことの一つだ。彼はまだ『アシミル』〔語学教本〕の六課までしか進んでいなかった。ニコルが彼を老いぼれの怠け者扱いするのも無理はなかった。読書、おしゃべり、散歩、そうしたことなら、彼はいつも張り切っていた。けれども厄介な仕事――単語の暗記とかカードの作成――をするのは御免だった。それなら、それほど熱心に人々のために心を砕くこともなかったのではないか。真面目すぎて、軽薄すぎる。「これは、ぼくの矛盾だ」と彼は陽気に考えた。（この表現はとても彼の気に入っていた。筋金入りのマルキストで、そのくせ妻を抑圧していたイタリア人の友人の言葉だ。）実際のところ、彼はまったく悪びれていなかった。

モスクワ駅。人目を奪う緑色、モスクワ・グリーンの駅。（「これが嫌いでは、モスクワを好きになれないよ」と三年前に来たときアンドレが言っていた。）ゴーリキー通り。北京ホテル。市街に屹立する、クレムリン宮殿を模したといわれる巨大な装飾過多のビルディング群に比べると地味な一角。ニコルはすべてを思い出した。車から降りると、モスクワの匂いがした。六三年のときよりもっと強いガソリンの匂い、恐らく当時より車の数が一段と増えたせいだろう。

特にトラックが、大型・小型のトラックが増えていた。「もう三年？」と、飾り気のない広いロビーに入りながら、彼女は思った。（新聞売り場の陳列台は灰色がかった布で覆われていて、レストランの入り口――大げさな中国風の装飾が施されていた――には人々が列を作っていた。）三年間が何と速く通り過ぎたことか、何かとても不安になった。わたしには後何回ぶんの三年間が残っているのだろう？　何も変わっていなかった。ただし、外国人にだけ――それはマーシャがあらかじめ知らせてくれていたが――部屋代が、以前にはいかにも安かったのだが、三倍になっていた。四階のフロア係の女性が彼らに鍵を渡した。ニコルは長い廊下を歩いているあいだずっと、首筋に彼女の視線を感じた。寝室の窓にはカーテンがかかっていた。幸運だった。ホテルではしばしばガラス窓に何もかかっていなかったから。（マーシャのところも、ほんとうのカーテンではなく、軽い薄地のものがかかっているだけだった。「慣れの問題よ」とマーシャは言った。「それに、完全な闇のなかではかえって眠りにくいわ。」）下を見ると、広い並木道がそこで終わっていて、車の流れはマヤコフスキー広場の下を通るトンネルのなかに吸い込まれていた。歩道を行く人の群れは夏の色合いだった。女性たちはノースリーブの花柄のワンピースを着て、ストッキングもはかず、そぞろ歩いていた。季節は六月で、彼女たちは暑いと決め込んでいた。

「これ、おみやげよ」と、ニコルは、荷物を解きながら、マーシャに言った。

新作の小説、プレイヤード叢書、数枚のレコードだった。それからカーディガンとストッキングとブラウス。あなたはおしゃれが好きだから。マーシャは大喜びでウールや絹の手触りを確かめたり、色合いを比べたりしていた。ニコルは浴室に入った。またしても運がいいわ。水と湯の蛇口があって、トイレの水洗も壊れていなかった。彼女は服を着替えて、軽く化粧を直した。

「素敵な服ね！」とマーシャが言った。

「気に入っているのよ」

五十歳の頃、彼女の装いはいつも、地味すぎるか派手すぎるか、どちらかに思えた。今では、自分が着てもよいものといけないものをわきまえているので、問題はなかった。同じように喜びもなかった。以前、自分の衣服に対して抱いていた、親密で、愛情のこもったとさえいえる関係もまたなくなっていた。彼女は洋服ダンスにスーツをかけた。もう二年も着ているのに、それは自分とは無関係の、個性のない、ただの物にすぎず、自分らしさがまったく認められなかった。マーシャのほうは鏡の中に微笑みかけていた。いま身に着けたばかりのきれいなブラウスにではなく、そこに映っている、思いがけない、魅力的な自分自身の化身に向かって。ええ、そうした気持ちを覚えているわ、とニコルは思った。

「プラガに予約してあるのよ」とマーシャが言った。

彼女は、そこがニコルのお気に入りのレストランだということを覚えていたのだ。とても思いやりがあって、わたしと同じくらい整然とした記憶力だわ。ニコルにはアンドレがマーシャに注いでいる愛情が理解できた。彼はずっと女の子を欲しがっていて、フィリップが男の子なのを少し恨めしく思っていた。

十分間で、マーシャは彼らをプラガまで運んだ。入り口でコートを預ける。

それは必ず守らなければならない作法だった。レストランにコートを着たままで、あるいは腕にかけて入るのも禁じられていた。彼らは、床がタイル張りの、ヤシや緑色の植物でいっぱいの食堂に腰を下ろした。壁には全面に紫色がかった景色が描かれていた。

「ウォッカはどのくらい頼みましょうか？」とマーシャが尋ねた。「わたしは運転しているから、飲まないわ」

「ともかく三〇〇グラム〔約〇・三リットル〕注文してよ」とアンドレが言う。

彼はニコルの視線をうかがった。

「最初の夜だからね？」

「最初の夜だけなら、いいわ」とニコルは笑みを浮べて言った。

彼は、タバコを吸い過ぎるのと同様に、お酒を飲み過ぎる傾向があった。タバコに対しては、彼女はもう闘うことをあきらめていた。けれども、アルコールに関しては度を超さないようにさせることに成功していた。

「最初の夜だから、わたしもダイエットはお休みだわ」とニコルは言った。

「キャビアと鶏肉のジュリエンヌをいただくわ」

「ダイエットをなさってるの？」

「ええ、半年前から。太ってしまって」

おそらく、退職前よりもたくさん食べるようになった。いずれにしても、運動量は減った。ある日、フィリップが言ったのだ。「ねえ、太ってきたんじゃない！」と。（その後、瘦せたことには彼は気づいていないようだけれど。）それに、まさに今年、パリでの話題は、体形を維持するとか、もとの体形に戻ったとか、低カロリー、炭水化物、奇跡的なやせ薬のことばかりだった。

「ちょうどいいですわ」とマーシャは言った。

「五キロ減らしたのよ。で、元に戻らないように気をつけているの。毎日体重を量っているのよ」

かつて、彼女は自分が体重を気にするなどとは考えたこともなかった。ところが今ではこのとおり！　自分の身体の中に自分を認める度合いが少なくなるほど、余計に身体のことに気を配らなければならないと感じている。彼女の身体は彼女が面倒を見なければならなかった。そしてうんざりするほど懸命に気を配っていた。彼女を必要としている、少し醜くなり、少し衰えた昔からの友人に対するように。

「それで、フィリップが結婚するのですって。お相手はどんな方?」とマーシャが言った。

「きれいで、頭のいいお嬢さんだよ」とアンドレが言う。

「彼女はまったくわたしの好みじゃないわ」とニコルは言った。

マーシャは笑い始めた。「何て言い方! でも息子の嫁が気に入っている母親には会ったことがありません」

「〝非の打ち所がない〟っていうタイプなの」とニコルは言った。「パリには大勢いるのよ。彼女たちは何らかの職を持ち、着こなしが上手くて、スポーツをして、室内を完璧に整えて、子どもも立派に育てていると思っている。どんなことでもうまくできると自分自身に言い聞かせたいのよ。実際のところは、気が多くて、何もやりおおせない。そういうタイプの若い女性には寒気がするわ」

「それは少し不公平だよ」とアンドレが言った。

「かもしれないわ」

またしても彼女は自問した。どうしてイレーヌなんかと。わたしは、フィリップが結婚するときには……って考えていたのに。いや、彼は結婚なんかしないと思っていた、他のすべての男の子と同じように「ぼくが大きくなったら、ママと結婚するね」と言っていた小さい男の子のままでいると思っていた。それなのに、ある晩、彼は言ったのだ。「大ニュースがあるんだ」と、何かのお祝いの日に遊び過ぎ、笑い過ぎ、騒ぎ過ぎた子どものように、少し興奮した様子で言ったのだ。ニコルの胸はゴングが響くような衝撃を受け、頬に血がのぼり、唇の震えを抑えるために全力をふりしぼらなければならなかった。二月の夜だった。カーテンは閉まっていて、電灯の明かりがさまざまな色合いのクッションを虹のように照らしていた。そこに突然、あの不在の深淵が穿たれたのだ。

「フィリップはわたし以外の女性と、別の場所で暮らすのだわ。」そうだわ、覚悟しなければならないわと、彼女は思った。ウォッカはよく冷えていて、キャビアはビロードのようになめらかに光っていた。マーシャは感じがいいし、これから一ヵ月、ニコルはアンドレを独り占めできるだろう。彼女は申し分なく幸せに感じた。

二つのベッドのあいだに置かれた肘掛椅子にゆったりと腰を下ろし、アンドレは申し分なく幸せに感じていた。一方のベッドにはマーシャが、もう一方にはニコルが座っていた。（一九六三年に来たときには、マーシャの夫のユーリィは考古学の調査に出かけていて、息子のヴァシリーも同行していたので、マーシャのアパルトマン〔一つの建物内の数部屋からなる一戸分の住居、マンション〕が空いていた。だが今年は、彼らが夜の時間をマーシャと水入らずで過ごすためには、このホテルの部屋しかなかった。）

「ひと月間ずっと時間を空けておけるようにしたのよ」とマーシャが言った。

彼女は、モスクワでロシア文学の古典をフランス語で出版している会社で働いていた。それと、現代の作家の作品を掲載した外国向けの雑誌のためにも働いていた。彼女は翻訳を担当していたが、作品を読み、選択し、提案もしていた。

「今週末にウラジーミルに行くのはどうかしら。車で三時間よ」とマーシャは続けた。

彼女はニコルと相談していた。ノブゴロド、プスコフ、ロストフ・ル・グラン、レニングラード。ニコルはあちこち動きたがっていた。それもよかろう。ニコルがソ連に来たのはアンドレを喜ばせるためが大きかったし、彼としてはこの旅行が彼女にとって楽しいものであることを望んでいた。彼は温かい気持ちで二人を見ていた。マーシャはクレールよりニコルと似ている点がある。あの美しいお馬鹿さんは彼らの娘が生まれると、大急ぎで離婚した。それは彼も望んでいたことで、幸運にもと言える。彼はニコルとマーシャがとても気が合っていることに満足していた。この世で最も愛している二人だったから。（フィリップに対しては、一種の嫉妬心のようなものを捨てきれなかった。彼はニコルとフィリップのあいだで自分を余計者に感じることがよくあった。）ニコル。彼女はマーシャよりずっと大切だった。けれどもマーシャのそばにいると、彼女がいなければもはやけっして経験することはなかったであろう気持ちを味わった。何か小説じみた印象。恋愛事件、彼には新たな情事をもつことを邪魔するものは何もなかった。ニコルはあるとき、自分が歳を取って、ベッドの楽しみを味わえなくなったと打ち明けた。（馬鹿馬鹿しい。彼はいまも昔と同じように彼女のすべてを愛していたのに。）つまり、彼女は彼に自由を与えたのだった。実際は、いまでも彼女が嫉妬の発作を起こすことは十分あり得ただろう。ともあれ、彼らの残された人生にはもはや喧嘩をして無駄遣いするような時間はなかった。それに、体操や厳しい体調管理をしてはみたものの、もはや彼は自分の身体が好きになれなかった。それは女性を喜ばせる贈り物ではなかった。彼には欲望を抑えることは苦ではなかった（ただし、こうした無関心は自分の年齢の表れだと考えるのは辛かった）。「もう終わりだ。残りの人生にはもう思いがけないことは起きないだろう」と考えるのは、楽しいものではなかった。

そんなときにマーシャが現れたのだ。

「ぼくたちが君を横取りして、君の亭主は怒らないかな」と彼は尋ねた。

「ユーリィは怒ったことがないわ」と、マーシャは機嫌よく答えた。

プラガで交わした会話から判断すると、マーシャがユーリィに対して抱いているのは恋愛感情というよりも友情であるように思えた。だが要するに、ユーリィがだいたいにおいて彼女にふさわしいということは幸運だった。彼女はソ連に残りたくて、あまりよく考えずに結婚した。彼女は母親や義理の父親が住んでいた世界に、概して資本主義的な世界にうんざりしていたのだ。この国は彼女の国になっていた。それは、アンドレの目に彼女がまぶしく見える理由の一つだった。

「今年の状況はどうなんだい、文化的な面では?」

「相変わらずよ。わたしたち闘ってるわ」とマーシャは言った。

マーシャは、彼女のいうところのリベラルな陣営に属していたが、その陣営はアカデミズムや教条主義、スターリン主義の名残に対抗していた。

「それで勝利を収めているの？」

「時にわね。噂によると、数人の学者が神聖不可侵の自然弁証法の思想〔マルクス主義の、自然に対する唯物論的・弁証法的な見解。エンゲルスの遺稿『自然弁証法』（一九二五）に由来する〕を徹底的にやっつける準備をしているらしいわ。そうなれば大勝利ね」

「何にしろ闘うことがあるのはいいことだよ」

「あなたも闘ってるじゃない」とニコルが勢いよく言った。

「いや。アルジェリア戦争の後は闘ってない。役に立とうとは努めているが、同じじゃない。おまけにほとんど無駄骨だよ」

一九六二年のアルジェリア独立以来、彼は世界に対するあらゆる影響力を失っていた。彼がこれほど忙しがっていたのはもしかしたらそのためだった。つまり、もはや行動していないからだった。彼の無力——それはフランスの左翼全体の無力でもあった——は、時として彼を暗い気持ちにさせた。とりわけ朝、目が覚めた時に。そういう時、彼は起き上がる代わりにふとんの中に潜り込み、シーツを頭の上まで引っ張って、急ぎの約束があったことを思い出すまでそうしていた。それから、あわててベッドから飛び出すのだった。

「それじゃなぜ続けているの」とマーシャは言った。

「止める理由がないからだよ」

「ご自分のための仕事をすればいいわ。三年前のときに話してらした論文とか」

「まだ書いてない。ニコルに聞いてごらん。老いぼれの怠け者だって言うだろうよ」

「とんでもない！」とニコルは言った。「あなたは生きたいように生きているわ。無理をすることはないわ」

ニコルはほんとうにそう思っているのだろうか。以前のように彼を責めたてなくなったけれど、たぶん根負けしたのだろう。もし彼女が少し夫に失望したのでなければ、息子の学位論文にあれほど熱心にはならなかったかもしれない。

「それはともあれ残念だわ」とマーシャは言った。

彼の中で、「残念だわ」ということばがこだました。ニコルの無念さは、彼も仕方ないと思って受け入れていた。しかし、出来ればマーシャには、「何もしなかった老退職者」というイメージとは別のイメージを与えてやりたかった。現代のいくつかの出来事に関して、彼はいろいろと考えをもっていて、ニコルは面白いと認めてくれていた。何度も、それをもう少し掘り下げようと決心した。しかし彼は現在のことに取りつかれていた。今日の世界を理解し終える前に過去に向いたくはなかったのだ。そして現在を把握するだけでも何という時間が必要だったことか！　とはいえ、いつかそうした探索が終わる日がくるだろう、その時には、かつて熱心に大筋のプランを立てたまま、断念——一時的に——している草案を実行に移すであろうと彼は考えていた。その日は来なかったし、来ないだろう。今では、そうした仕事は無限であることがわかっていた。年々、彼は情報通になったが、余計に状況が摑《つか》めなくなった。曖昧、難解、矛盾、そうした事柄が彼の周りで増えていった。中国は彼にとって、一九五〇年当時よりもますます不可解なものに思えた。ソ連の対外政策も彼を面食らわせた。

「今からでも遅くないわ」と、励ますような声でマーシャが続けた。自分の言ったことが彼を悲しませたのではないかと恐れるように。

「そうだね。今からでも遅くない」と、彼は元気に言った。

遅すぎた。彼は変わらないだろう。実際は、自分の生きている時代について知ることと歴史の一点を深く掘り下げることは同時にできたはずだった。もし彼が、フィリップのように、自らに規律を課すことができていればだ。ただ、おそらく子どものときに余りにも強制されたせいだろう、あらゆる強制が彼を苛立たせた。彼は学校をさぼったり、抜け出したりした楽しさをいまも覚えている――厳しく罰せられただけに、余計に楽しかった。彼はこれまで自分の怠惰を本気で後悔したことはなかった。彼の怠惰は、世界に向かって開かれていること、つねに自由でいたいと思っていることからくるものだった。突然、マーシャの視線の下で、彼にはそれがまったく別のものに見えた。それは、ひとつの癖、ひとつの習慣、消すことのできないほど染みついている欠点だった。彼はそうした怠惰に同意してきたのであり、それは彼から生まれるものだった。

そして今となっては、たとえ彼が望んでも、それを乗り越えることはできなかった。

「マーシャのあなたに対する愛情には心を打たれるわ」と、アンドレと二人だけになったとき、ニコルが言った。

「どうしてだろうね」とアンドレは言った。「ユーリィは、彼女にとって庇護者というよりは仲間なんだと思うよ。彼女は父親が欲しかったんだ。それで六〇年にパリに来たとき、彼女はぼくを愛することに決めていたんだ」

「そんなに謙遜することはないわ」と、ニコルは笑いながら言った。「わたしはそう決めたからあなたを愛したわけではないわ」

「ぼくは若かった」

「あなたは変わらないわ」

彼は反論しなかった。ニコルは彼の年齢を意識していないように見えた。彼も自分の歳の話はしなかった。しかし、しばしば、許しがたい気持ちで、そのことを考えるようになっていた。長い間——不誠実に、軽はずみに、自分にいい加減なことを言って聞かせながら——、彼は自分をひとりの大人として見なすことを拒否してきた。この高校教師、一家の父親、年齢五十歳の男は、ほんとうの彼ではないのだ、と。だが今や、彼の人生は閉ざされていた。過去にも未来にも、もはや逃げ道はなかった。彼は六十歳をこえた男、大したことは何もしなかった老いた退職者だった。だが、いずれにしても同じようなものだ。彼の心をかすめた後悔は、すでに消え失せていた。仮にソルボンヌ大学教授で、有名な歴史家であっても、彼の背後にはこの別の人生の重みがついてくるだろう。その人生もまた彼にとってより軽いわけではないだろう。言語道断なのは、こうして自分が規定され、決定され、つくりあげられてしまうことだ。つまり、束の間の瞬間が蓄積されて、自分のまわりに真実を隠す覆いのようなものがつくられ、その罠にかかってしまうことだ。彼はニコルにおやすみのキスをして、ベッドに入った。夢。少なくともそれが残っている。彼は自分の頬を枕に押し当てた。彼は眠りの中に入り込んでいく感覚が好きだった。夢は、どんな本よりもどんな映画よりも完全に彼を日常性の外へと連れて行った。彼は夢の非合理性、わけのわからなさに魅了されていた。歯が全部、口の中に抜け落ちるあのとてつもなく嫌な悪夢は別にして、夢の中の彼には年齢がなく、時間から逃れることができた。おそらくそれらの夢は彼の身の上のどこかにあって、過去のどこかで開花していた。けれども、どのようにしてかは彼にとって謎であった。それらの夢は未来に続いてはいかなかったし、彼もそれらの夢を忘れてしまった、それは純然たる現在だった。毎晩、それらの夢は浮かんでは消えて、蓄積されることはなかった。つねに新たな何かだった。

＊＊＊

「それにしてもなぜ外国人がウラジーミルに車で行くことが禁じられているのか知りたいもんだね」とアンドレが言った。

列車は速度を出して進んでいた。揺れもなかった。ただ、座席がすべて、機関車に背を向ける方向になっていた。ニコルは進行方向と反対向きで運ばれるのは耐えられなかった。かならず胃がひきつるのだ。（健康、体力、持続力では男性に負けないと言っていた頃を思うと、何という屈辱だろう！）彼女は椅子の上にひざまずいて、アンドレとマーシャに向かい合うかたちで座っていたが、その恰好を長く続けているのはかなり辛かった。

「わかってくださいな。納得のいく理由なんかないのよ」とマーシャは言った。

「道路はいいし、途中の村も豊かで、問題はないわ。馬鹿なお役人のせいよ。彼らは、昔から基本的に外国人に不信感をもっているのよ」

「親切と不信感。妙に混じっているのね」とニコルは言った。

それは一九六三年に来たときに彼らを面食らわせたことだった。行列があるとき――レーニン廟やグム百貨店やレストランの入り口で――、マーシャの一言で、行列している人たちが彼らを通すために道を開けてくれた。一方、クリミアでは、どこに行っても禁止だらけだった。外国人は東海岸やセヴァストポリ〔一九九〇年代半ばまで閉鎖都市〕には行けなかった。観光事務所《イントゥーリスト》は、ヤルタとシンフェロポリを結ぶ山側の道路は工事中だと主張したが、マーシャにはほんとうは外国人にだけ通行止めなのだと打ち明けた。

「疲れないか」とアンドレが尋ねた。

「なんとかなるわ」

　ニコルはほんとうは少しへとへとだった。けれども、通り過ぎていく景色が疲れを忘れさせてくれた。広大で、穏やかな田園が、ゆっくりと沈んでいく夕陽の光でやわらかな色合いに染まっていた。彼女はモスクワで幸せな四日間を過ごしたばかりだった。モスクワは以前より少し変わっていた。どちらかといえば醜くなっていた。（変化がほとんどつねに悪い方向になされるのは、場所にとっても人々にとっても、残念なことだ。）市街を貫通する大通りが整備されて、昔からの古い区画が壊されていた。車の進入が禁止された赤の広場は、以前よりも広く、荘厳で、神聖な場所に思われた。かつては空までそびえていた聖ワシリイ寺院の玉葱型のドームは、残念ながら、現在は背後に巨大なホテルが建ち、空との境界線が妨げられていた。そうは言っても、ニコルはクレムリンの聖堂やイコン、そして美術館のイコンもふたたび見ることができて嬉しかった。いまでも多くの古い建物が残っていて、特に夜には、ガラス窓越しに、目隠しの観葉植物の緑を通して、オレンジ色やバラ色の絹製の、フリンジのついた昔風の電燈の笠からもれる暖かい光が彼女を魅了した。

「ほら、ウラジーミルが見えてきたわ」とマーシャが言った。

彼らはホテルに荷物を降ろした。ホテルの夕食時間は過ぎていたので、マーシャは外でピクニックをすることに決めていた。まだバラ色の空には、月が上っていた。満月だった。彼らは城塞の壁に沿った道をたどって行った。下方には、川や駅や灯りのきらめきが見えた。彼らは、教会がそびえ立っている、フロックスやペチュニアの匂いがする庭園を横切った。ベンチでは恋人たちが抱き合っていた。

「このあたりにしてはどう?」とニコルは言った。

「もう少し先にしましょう。そのほうがいいわ」とマーシャが言った。

マーシャが命令して彼らが従っていた。それをニコルは面白がっていた。というのも、ニコルには人に従う習慣がなかったからだ。

彼らはなおも歩き続け、もう一つ別の教会を取り囲んでいる、別の庭園に入った。

「ここに座りましょう。これはウラジーミルで最も美しい教会なのよ」とマーシャが言った。

その教会は、ほっそりして、背がすらりと高く、てっぺんには金色の玉葱型のドームを頂いている。白いドレスをまとったような外壁には、半分くらいの高さまでまるで刺繍のように繊細な装飾が施されている。飾り気のない美しさは輝やくばかりだった。彼らはそこに腰を下ろし、マーシャはもってきた食べ物の包みを開いた。

「わたしはゆで卵を二個だけいただくわ」とニコルは言った。

「食欲がないのですか？」

「いいえ。でも太りたくないのよ」

「ああ！　考えすぎないほうがいいですわ。もう少し召し上がらなくては！」

マーシャのぶっきらぼうで怒ったような声はニコルを微笑ませた。彼女にそんな口調で話す人はいなかったからだ。ニコルはピロシキにかぶりついた。

「ユーリィとヴァシリーもわたしと同じようによく言うことをきく？」

「まああね」とマーシャはほがらかに言った。

「あなたのパパも叱ってみてよ。一日に四〇本もタバコを吸っていたら、肺がんになる危険があるって、言ってちょうだい」

「お二人ともどうかぼくのことはかまわないでおいてください」とアンドレは丁寧な口調で言った。

「ほんとうだわ。それは吸いすぎよ」とマーシャが言った。

「ウォッカをくれないかい」

マーシャは三人の紙コップにウォッカをなみなみと注いだ。彼らは一時、黙ったまま食べたり飲んだりした。

「それにしても美しいね、この教会は」と、アンドレが声に愛惜の念を込めて言った。「今ぼくはこの教会を一心に見つめている。だが一週間後には、もうこの教会のことを思い出さないだろうということを知っている」

「わたしも同じよ」とニコルは言った。

そうだ。彼女もこの白と金色の教会を忘れるだろう。これまでにもたくさんのことを忘れたのだ！　彼女の好奇心はほとんど無傷のままに保たれていたが、しばしばそれは偏執的な名残にすぎないように思えた。思い出は風化していくのであれば、好奇心をもち続けることがいったい何の役に立つだろう？　空には月が、そしていつも忠実に寄り添っている小さな星とともに輝いていた。ニコルは『オーカッサンとニコレット』〔領主の息子オーカッサンと女奴隷ニコレットの牧歌的な恋愛を描いたフランス中世の歌物語。作者未詳〕のなかの美しい詩句を口ずさんだ。「愛しき星よ、われは見る／月もそなたを引き寄する」これこそ、文学の美点だわと彼女は思った。言葉は、いつも自分と一緒についてくる。イメージは色あせ、形を変え、消えていく。でも言葉は、昔それが書かれた時のままに、彼女の喉元に甦ってくる。それらの言葉は、星がまさしく今夜と同じように輝いていた何世紀も昔へと彼女を結びつけた。そして、この再生、この恒久性は、彼女に永遠の印象を与えた。大地は老いて衰えていた。けれどもこんなふうに、原初のままに若々しく思える瞬間、現在がそれだけで満ち足りているような瞬間があった。ニコルはそこにいて、教会を眺めていた。理由もなく、ただ眺めていた。ウォッカの杯を重ねるうちに、彼女の気持ちは高ぶり、こうしてぼんやりしていることに胸が締めつけられるような魅力を感じていた。

彼らはホテルに戻った。窓にカーテンはなかった。けれどもニコルは顔にスカーフを巻きつけて、すぐに寝入った。穏やかな目覚め。寝室には陽光があふれていた。アンドレはベッドの上で体をまるめ、死刑囚のように目隠しをして、子どものような恰好で片手で壁を支えている。まるで睡眠中の不安のなかで世界の揺るぎなさを感じる必要があるかのように。これまで何度こうして彼女はベッドの縁に座って――そして、これからも座ることだろう――、彼の肩に手を置き、軽くゆすったことだろう。時には彼は「お早う、ママ」とつぶやいて、それからぶるっと体を震わせて、面食らったように微笑んだものだ。彼女は彼の肩に手を置いた。

「お見せしたいものがあるのよ」と、教会の扉を押しながら、マーシャは言った。そして薄暗がりの中を案内した。

「外国人に定められた運命を見てください」

フレスコ画は「最後の審判」を描いていた。天使たちの右側には、裾の長いガウンを着た年齢不詳の選民たちがいた。左側には、地獄に堕ちる運命の、体にぴったりした黒いひざ丈のコート、ふくらはぎの上で絞った半ズボン、レースの飾り襟、先のとがった短いあごひげという、当時の服装をしたフランス人たち、その背後にはターバンを巻いたイスラム教徒たちが描かれていた。

「まったく！　昔からの伝統どおりね」とニコルが言った。

「ほんとうは、わずかな時期を除いて、ロシアは西欧に対してかなり門戸を開いていたのよ」とマーシャが言った。「でも、ある種の階層はいつも西欧に敵対的だった。特に、教会において。よく見てください。彼らが地獄に堕ちるのは、国籍のせいではなくて、不信心だからなのよ」

「実際問題として、同じことだ」とアンドレは言った。

彼は今朝から不機嫌だった。前日は一日、素晴らしかった。彼はウラジーミルを、その教会を、アンドレイ・ルブリョフ〔ロシアの修道士。一五世紀ロシアの最も重要な聖像画家の一人。〕の描いたフレスコ画を愛した。食事は良くなかったけれど、そんなことはどうでもよかった。彼の母親のしつけは完璧だった。しかし、マーシャと始めた議論が彼を苛立たせていた。それまで、マーシャが自分と同じ見方をしているものと信じきっていたのだ。

「簡単には無くならないだろうさ。この国のナショナリズムは」と、教会を出ると、彼は続けた。「要するに、君がぼくに説明してくれたところによると、この国はもはや革命的ではない、そしてそれでよいということになる」

「まったく違うわ。わたしたちは革命を行った。そのことに問題はないわ。でも、フランスでは、戦争がどんなものかわかってないのよ。わたしたち、戦争はごめんなの」

マーシャは憤慨していた。そして、アンドレのほうも苛立っていた。

「戦争を望む者はいないよ。ぼくが言っているのは、もし君たちがアメリカに対して手をこまぬいていたら、アメリカの戦線拡大を阻止しなかったら、その時には取り返しのつかないことになるということだよ。ミュンヘン会談〔一九三八年、ミュンヘンで開かれた英仏伊独の首脳会議。ヒトラーの要求を入れてチェコスロバキアのズデーテン地方のドイツへの割譲を決めた。こうした対独宥和政策は、ナチスの侵略外交を増長させる結果となった〕は何も阻止できなかったじゃないか」

「もしソ連がアメリカの基地を爆撃しても、アメリカは反撃しないとでもいうの？　わたしたちはそんな危険は冒さないわ」

「もしアメリカが中国を攻撃しても、やっぱりソ連は平然としているのかね？」

「ああ、もう止してちょうだい」とニコルが言った。「もう二時間も議論しているわ。どちらも相手を論破することはできないでしょうよ」

彼らはしばらく黙って歩いた。通りは人で一杯だった。白樺祭が行われていた。おそらくキリストの聖体の祭日に代わるものだった。人々は野外の広いダンス会場で夜中まで踊っていた（テーブルも椅子も置かず、柵で囲んだフロアがあるだけだった）。早朝から、手に白樺の枝をもった、白いワンピースを着た少女たちや赤いネクタイをした少年たち〔赤いネクタイはピオネール（旧ソ連の十〜十五歳の学童の自主参加に基づく共産主義教育団体）のシンボル〕を乗せたトラックが中央通りを行列していた。彼らは歌っていた。公園では、一軒のあずまやがビュッフェに変身していた。外にはいくつかの小テーブルが、中には大きなテーブルが置かれ、お菓子やプチパンが山積みされていた。

「腰を下ろして、何か食べましょうか」とマーシャが提案した。

「ああ、そうね。食べるものがあれば、いただきましょうか」とニコルが言った。

前日、ウラジーミルでは食糧難だった。レストランには魚も羊肉も鶏肉も野菜も果物もなかった。出された煮込み料理は、ニコルもマーシャも食べられなかった。パンは、黒くも白くもなく、糊のような味がした。ホテルの前では、食べると歯が折れそうな固いガレットを買うために人々が行列していた。そして今朝は、女性たちが山盛りのプレッツェルをもち、食べ物がいっぱい詰まった買い物かごをさげて、あずまやから出てきていた。彼らはお菓子と、卵とチーズのサンドイッチを注文した。どれも美味しかった。

「町には何も食べるものがないのに、ここにはこんなにたくさんある。いったいどうなっているんだ？」とアンドレは言った。

「理由を探しては駄目だって言ったでしょう」とマーシャが答えた。

彼女によれば、どんなに辻褄の合わないことにも、馬鹿らしいことにも驚いてはならなかった。この国には、硬直した官僚組織がまだいっぱい残っていて、それが大きな無駄遣いや、さまざまな措置が効果を上げるどころか弊害をもたらす原因になっていた。政府はあらゆる方法でこうした機能不全に対して闘おうと試みている。しかし、結果を出すにはまだ時間が必要だろう。

「学校の椅子の話を思い出してよ」と彼女は続けた。

昨日の朝、マーシャは体を二つ折りにするほど大笑いしながら、ホテルを出たのだった。出かけ際に聞いたウラジーミルのラジオ放送のせいだった。それによると、椅子の背は一つめの工場で、座席部分は別の工場で製作し、三つめの工場が組立てをしている。ところが、いつも背の部分か座席の部分のどちらかが不足していた。もう一つの問題は、二つの部分を組立てようとすると、どちらかが壊れることだった。調査や検査や報告書など、さまざまな手続きを踏んだ後、組立て行程に欠陥があるという結論になったのだ。ところが、それを改善するための許可を得るのに、またもや長い行政上の手順を踏まねばならなかった。「まったく馬鹿馬鹿しいったらないわ」とマーシャは言って、ラジオでこうした話を放送することは反官僚組織の闘いによるものだと付け加えた。彼女は体制に対してかなり自由に判断を下していた。彼女には批判精神があり、機微を心得ていた。彼女が対外政策に賛成しているのは、したがって盲目的従順さによるものではなかった。アンドレはそのために一層、困惑していた。しかしその話を蒸し返したくはなかった。少なくとも今は。彼は自分の周りにいる群衆を見た。人々の顔は、彼らがこうした行列や儀式に、お祭り全体に自発的に参加したかのように、喜びに輝いていた。それでいて彼らはしっかりと統率され、命令に従っているように見えた。陽気さと規律。もちろんそれは矛盾するものではなかった。しかし、アンドレは、それがどのようにして折り合うのかを知りたかった。おそらく年齢や生活条件によって違うだろう。せめて彼らが何を言っているのか理解できればなあ！

「ぼくたちにロシア語のレッスンをして欲しいな」と、彼はマーシャに言った。

「あら、わたしはいいわ」とニコルが言った。そして、「アルファベットさえ知らないのですもの。一ヵ月で何を学べっていうの。でもあなたは、そうしたいならレッスンを受けてみたら」と付け加えた。

「そのあいだ、君は退屈しないかい」

「大丈夫よ。本を読んでいるわ」

「それじゃ、明日モスクワで、レッスンを始めよう」とアンドレは言った。「少しは途方に暮れなくなるだろう」

「つまり、途方に暮れてるってこと？」

「そのとおり」

「あなたが天国に——もしかしたら地獄に着いたときに、最初に言う言葉かもしれないわね。ぼくはまったく途方に暮れている、って」とニコルが言って、優しく微笑んだ。

彼女はいつも、彼がうろたえるのを面白がった。旅行をしているとき、彼女は物事をそれがあるがままに受け入れた。「要するに、ここはアフリカなのよ。植民地なのよ」と、ガルダイア〔アルジェリアの都市〕で彼女は彼に言った。（アンドレはまだ若く、彼にとっては初めてのマグレブ〔アフリカ大陸北西部。西を意味するアラビア語に由来し、旧フランス植民地のモロッコ・アルジェリア・チュニジアの三国をいうことが多い〕との出会いだった。缶詰を売る店や金物屋にまで、ラクダや、ヴェールをかぶった女性がいた。それはフランスの村であると同時に、遥か昔のアラビアであった。彼にはすれ違う男たちがこの二重の所属をどう感じているのか理解できなかった。）現在、彼が困惑している理由はもっとずっと深刻なものだった。ソ連の人は実際どんなふうに感じているのだろう。通りを歌いながら歩いているこの若者たちは、どの程度までフランスの若者と似ているのだろう、あるいは異なっているのだろう。彼らの中で建国の意志、社会主義、国家主義的エゴイズムはどのように混ざり合っているのだろう。多くのことが、こうした問いに対して出すことのできる答えにかかっていた。

「エゴイズムを持ち出すのは間違っているわ」と、数時間後にマーシャは彼に言った。長い散歩の後、ホテルの部屋で紅茶を飲みながら一息入れているときに、彼女は今朝よりは穏やかな口調で、ふたたび会話の続きを始めた。「核戦争はソ連だけでなく、世界全体に関係するものだわ。ソ連が、世界中の社会主義を支援すること、平和を守ることという二つの至上命令のあいだで板挟みになっているのを理解してほしいわ。わたしたちはどちらも諦めたくないの」

「ああ、ぼくも状況が単純なものでないことはよくわかっているよ」

「今日はそこまでにしておきましょう」と、ニコルが強い口調で言った。「マーシャはわたしに一緒に翻訳に目を通してほしいと言ってるの。すぐに始めなかったら、時間がなくなるわ」

「そうね。始めなければならないわ」とマーシャが答えた。

彼女たちは並んで机に向かった。彼はパリからもってきたソ連のガイドブックを開いて、それを見るふりをしていたが、頭のなかは堂々巡りをしていた。戦線拡大を阻止するためのあらゆる試みに対してアメリカは恐ろしい反撃をするだろう、という仮説を排除できないというのは事実だった。では、どうすればいいんだ？

核戦争は、一九四五年には、かなり観念的な脅威にすぎなかったが、今では万一の事態を憂慮しなければならなくなっていた。核爆弾を恐れない人たちもいた。彼らは「死んでしまえば、ぼくの死後に世界が存続するもしないも関係ない」と言う。アンドレの友人の一人は「どうせなら、心残りが少なくてすむかな、死後に何も残さないと考えられれば」とさえ言った。その男なら、地球が吹っ飛ぶことを知れば、すぐにも自殺したことだろう。あるいは単にあらゆる文明が破壊されて、歴史の連続性が壊されるだけかもしれない、そして生存者——おそらく中国人——はゼロから再出発するだろう。彼らは多分、社会主義に勝利をもたらすだろう。だが、それはアンドレの両親や仲間たち、さらに彼自身が夢見ていたものとは何の関係もないものだろう。しかし、もしソ連が平和的共存に安住するならば、社会主義の到来は明日というわけにはいかない。何と多くの希望が裏切られたことだろう！　フランスでの、人民戦線、対独抵抗運動、第三世界の解放は資本主義を一歩たりとも後退させることはなかった。

中国革命、それは中ソ対立を導いた。まったくのところ、未来がアンドレにこれほど嘆かわしいものに思えたことはなかった。「ぼくの人生は何の役にも立たずじまいになるだろう」と彼は思った。彼が望んでいたのは、自分の人生がいつか人々を幸福へと導く歴史のなかに有意義な足跡を残すことであった。おそらく人々は幸福に到達するだろう。アンドレはあまりにも長い間、そう信じていたので、今でもほんのわずかにしろそう信じないではいられなかった。しかし、こうした紆余曲折を経るうちに、歴史は彼の歴史ではなくなるのだろう。

ニコルの声に、彼はこうしたもの思いから引き戻された。

「正確そのものだわ、マーシャのフランス語は。どちらかと言えば正確すぎて、少し堅苦しいくらいだわ」

「間違うのがとても怖いの」とマーシャが言った。

「そういう感じがするわ」

彼女たちはふたたび、笑ったり小声で話したりしながら、タイプで打った原稿の検討を続けた。一般に女性に対してはとても厳しいニコルがマーシャには真の友情を抱いていた。彼女たちの気が合っていることがアンドレには嬉しかった。

「ぼくも見てみたいな、その翻訳を」と彼は言った。たとえ未来が悲しいものに思えるにしても、この優しい親密な時間を台無しにする理由はない。彼は反芻していた思索から抜け出した。

⁂

「わたし、この店がいいわ」とニコルは言った。

戸外に小さな屋台をいくつか並べたウズベク料理の店はチャーミングで、客たちも異国風だった。角ばった縁なし帽をかぶった、平たい顔の切れ長の目の男たちと、たっぷりした黒髪を三つ編みにして、多彩な配色の絹の洋服を着た女たち。ここではモスクワで一番上等のシャシリク〔肉の串焼き〕が食べられた。しかし、楽団のすさまじい音が——それはどこも同じだったが——、最後の一口を食べ終えるやいなや彼らを追い立てた。マーシャの提案に従って、彼らは散歩した。だが、昼間、すでに随分歩いていたので、ニコルは疲れを感じた。それは彼女の自尊心を傷つけた。昔は何キロメートルも、アンドレと同じくらい軽々と歩いたものだった！　いまでは、昼間、長い間あちこち歩きまわったせいで、夜になると思うように足がついてこないのだった。彼女はそれを見破られないようにしていた。それにしても、無理をするのは馬鹿げていた。彼らは、空いたベンチのそばを通りかかった。ベンチが空いているなんていう幸運はめったにないことだったし、それを利用しない理由はなかった。彼らは腰を下ろした。

「それで、結局、ロストフ・ル・グランへは行けるのかしら？」

「行けないんじゃないかと心配しています」とマーシャが言った。

「モスクワ川の小旅行のほうは？」

「頼んでみようと思ってます……」

「おや、モスクワにいればいいじゃないか。もう一度見たいと思っているものがたくさんあるよ」とアンドレが言った。

「どちらにしても、また見る機会はあるわ」

もう一度見ること。ある時期、ニコルが四〇歳くらいの時には、もう一度見ることが楽しかった。それ以前には、そうではなくて、新しいものが見たくてたまらなかった。いまもそうだ。この後、何年生きていられるかわからないのに、毎日、赤の広場を歩くなんて、時間の無駄だわ。赤の広場は素晴らしかった。三年前に見た時は、衝撃といえるほどだった。今回もやはり、最初の日には、素晴らしかった。でも、いまでは知りすぎていた。これが最初の旅と今回の旅の大きな違いだった。六三年には、すべてが新鮮だったけれど、今回は、ほとんど何もない。おそらくそこに、彼女が感じているこの軽い失望の理由があった。

「今夜はどこで過ごしましょう?」と彼女は尋ねた。

「ここではどう?」とアンドレが言った。

「このベンチで一晩中過ごすっていうの?」

今年、彼らは夜の時間をどこで過ごせばよいかわからなかった。ユーリィはとても親切に見えたが――彼はフランス語を話さなかったので、彼との関係はどちらかといえば表面的なものだった――、自分の部屋で仕事をしていたし、ヴァシリーも自分の部屋で勉強していた。それで彼らの邪魔にならないようにひそひそ声で話さねばならず、それでもやはり、迷惑になっていると感じた。ホテルの部屋も居心地が悪かった。カフェは、この三年で随分、増えていた。外見は、通りに面した壁がガラスになっていて、悪くなかったが、中に入ると、簡易食堂のようで、居心地が悪く、くつろげなかった。それに、この時間ではもう閉店していた。だからって、このベンチ？　地下鉄の駅の横の、ガソリンの匂いのする小公園のベンチ？

「いい気持ちじゃないか、ここは」とアンドレが言った。「木々の緑がいい匂いだ」

彼はどこにいてもいい気持ちだと思う人だ。それに、フランネルの三つ揃いを着ているので、寒くなかった。マーシャは一〇度を超すと暑いと思う人だった。でもニコルは、フラール地〔スカーフなどに用いる薄手の布地〕のワンピースで、ふるえていた。それに一晩中ベンチに腰かけているなんて被災者みたいだった。

「寒いわ」とニコルは言った。

「ナショナル・ホテルのバーに行ってみましょうか」とマーシャが言った。

「いい考えだわ」

バーは朝の二時まで開いていた。そこでは外貨で支払って、ウイスキーやアメリカのタバコが手に入った。以前、そこで昼食を取ったとき、彼女はそれに気がついて、アンドレやマーシャに言ったのだが、そのとき彼らは何の反応も示さなかった。でもともかく、マーシャは覚えていて、いいタイミングで思い出した。彼らは立ち上がった。

「遠いのかしら?」

「歩いて三〇分。多分タクシーが見つかるわ」とマーシャが言った。

ニコルはタクシーに乗りたかった。下肢全体が痛かった。一般的には、タクシーは簡単につかまった。六三年に比べるとその数は倍増していた。今夜もタクシーはたくさん走っていて、灯された緑色の光は期待をもたせた。しかし、いくら合図をしても駄目だった。車は無慈悲にも走り去った。こうした大通りでは止まれないことになっているのだ。一番近いタクシー乗り場でもかなり離れていたし、多分長い行列があり、車はいないだろう。歩いたり、ベンチに腰かけたり、ここでの生活は大変だわ。モスクワは、その住民にとっては、恐らくとても快適だ。マーシャは他所に住もうとは思わなかっただろう。特にパリには（それにしてもパリに住みたくないなんて驚きだわ）。けれども、外国人にとっては、何という厳しさだろう！　多分、わたしがこの三年のあいだに急に歳を取ったのだわ、とニコルは思った。前より、不便さに耐えられなくなっている。そしてそれはひどくなる一方だ。「われわれは最後の花盛りだ」とアンドレは言っていた。おかしな花だわ。あざみかしら。

「疲れて倒れそうよ」と彼女は言った。

「もうじきです」

「歳を取るのは嫌ね」

マーシャは彼女の腕を取った。「まさか！　お二人ともとても若いじゃないですか」

よくそう言われる。とても若々しいわ。お若いですね。それは褒め言葉にみえて、同時に、これからの辛い成り行きを予告していた。活発で、陽気で、機転がきくこと、それが若いということだ。つまり、老年の宿命は、惰性、不機嫌、耄碌《もうろく》ということになる。人は言う。老い、そんなものは存在しません、気にすることはありません。あるいは、それはとても美しい、とても感動的なものだ、とまで言う。けれども、人は老いに出会うと、偽りの言葉で、遠まわしに取り繕うのだ。マーシャは「あなたは若い」と言ったけれど、ニコルの腕を取ったではないか。実際のところ、モスクワに来て以来、ニコルがこんなに強く自分の歳を感じるのは、マーシャのせいだった。ニコルは自分自身のイメージを四十歳で止めていたことに気づかされた。この若くてはつらつとした女性、マーシャのなかに自分を重ねていたのだ。マーシャが経験と威厳に満ちて、ニコルに負けず劣らず成熟した女性であるだけに、一層、二人はそっくりだと思っていた。それなのに突然、ひとつの動作、声の調子、ちょっとした気配りなどが、彼女たちは二十歳も違うのだということを、自分は六十歳なのだということをニコルに思い出させた。

「混んでるね！」とアンドレが言った。

バーにはタバコの煙がこもっていて、騒々しかった。空いているテーブルは一つだけで、高笑いをするアメリカ人の若者グループと大声でふざけている熟年のフランス人グループのあいだに挟まれていた。西ドイツの人たち――西欧の通貨だけが使えた――は、声を合わせて歌っていた。ジャズのレコードがかかっていたが、ほとんど聞こえなかった。それでも、ウイスキーの味、アンドレやフィリップと過ごしたパリの夜の味わいを見出すのは心地よかった。（あのときは暑かった。彼らはたしかモンパルナスのカフェのテラスに腰を下ろしていたのだった。）

「西側にもどったみたい。お気に召して？」

「少しの間だけならね」

アンドレは、あらゆるつながりを断っていた。彼は誰にも手紙を書かなかった。この間ニコルがフィリップに出した手紙にも短い一言を走り書きしただけだった。今朝、彼女が何日も前の日付のユマニテ紙〔フランスの日刊紙。当時はフランス共産党の機関紙でもあった〕を買うことに固執したときも、馬鹿にしていた。旅行中の彼はいつもこうだった。彼は、簡単にパリを忘れた。彼の根っこはそこにはなかった。

「ほろ酔いの各国代表団！　かつら師の結婚式よりひどいね！」と、彼は圧倒された様子で言った。

「帰りたいの？」

「もちろん、そうじゃないよ」

彼はニコルを喜ばせたくて、そこにいた。だが、また来る気にはならないだろう。マーシャも同じで、居心地が悪かった。（ここにはロシア人はいなかった。どぎつく化粧して、明らかに運試しをしている二人の女性を除いては。）とはいえ、そこは快適で、世界に対して開かれた——少なくとも少しは開かれた場所であった。赤いワイシャツを着た、背の高い黒人が一人で踊り始め、人々はリズムに合わせて手拍子を打った。

「彼、ものすごく上手ね」とニコルが言った。

「ああ」

アンドレは他ごとを考えているようだった。彼は数日前から変な癖を始めていた。指を歯茎のあたりで頬に押し付けるのだ。ニコルは少しいらいらして言った。

「痛いの？　歯医者さんに行ったら」

「痛くないよ」

「それじゃあ、どうしてそういつもほっぺたに触ってるの？」

「痛くないことを確かめてるんだ」

彼は、一日に二〇回も、自分の腕時計の針を食い入るように見ながら脈を取った時期があった。たいして重大ではない小さな癖だったが、ともかくそれはひとつの兆候であった。何の？　生命が硬直化して、老化がしのびよっている兆候。老化。ニコルはラルースの辞典に載っている定義をそらんじていたが、とりわけその非対称性が彼女にショックを与えた。若々しさとは、若者特有の性質。老化とは、老いによって生じる身体や精神の衰弱。

⁂

ユーリィとニコルは昼食を終えるとすぐに出かけていた。アンドレはマーシャと一緒に残って、ロシア語のレッスンを受けていた。彼はウォッカの入ったカラフォン〔小型の卓上ガラス瓶〕に手を伸ばして言った。

「今日はもう十分勉強したよ」

それから、悔し気に付け加えた。「記憶力がなくなった」

「そんなことないわ。うまくいってるわ」

「習ったことが身につかないんだ。覚えた端から忘れていく」

アンドレはウォッカを一口飲んだ。マーシャは不満げな様子で首を振った。

「そんな飲み方には決してなじめないわ」

彼女は、自分のグラスを一気に飲み干してみせた。

「実際、外国語を習うのに一ヵ月では短すぎる」

「どうして一ヵ月なの？　どうしてもパリにいなければならない特別な用事はないのでしょう？」

「ないね」

「だったら、もう少しモスクワにいてくださいな」

「それもそうだね。今夜、ニコルに話してみよう」

モスクワはこのところ夏の好天気が続いていて、とても活気があった。人々は、クワス〔大麦やライ麦を発酵させてつくるロシアの微アルコール性清涼飲料〕やビールを売るタンク車のまわりにひしめいていた。彼らは、一カペイカ〔一〇〇分の一ルーブル〕で多少なりとも冷えた水が、三カペイカで微かにフルーツ味のついたソーダ水が出てくる自動販売機を取り囲んでいた。彼らの顔は上機嫌だった。

彼らはアンドレが想像していたよりずっと規律にがちがちではなかった。赤信号のときも、青信号のときと同じように、あわてずに道を横断していた。アンドレは昼食のときにユーリィとかわした会話を思い出した。

「ユーリィの言ったことに納得してはいない」と、彼は言った。

「そうはいっても、わたしはユーリィが正しいと思うわ」とマーシャは答えた。

彼らは、ソ連がフランスの自動車会社ルノーとの間に最近締結した協定について議論したのだが、アンドレにとって、ソ連が道路網や公共交通を整備するよりも、六〇万台もの自家用車を製造しようとしていることは驚きであった。

「でも公共交通はうまくいってますよ」とユーリィは言っていた。それに、住民が必要を感じる前に道路をつくるのは、下手な政策だというのだ。住民たちは、車をもてば、自分から道路が欲しいと言い出すだろう。いくら社会主義体制でも、市民は個人的な満足を得る権利がある。政府は消費材の発展に精力的に努めてきたのだ。それを喜ぶべきだと言うのだった。

「一方で私有財産への譲歩を拡大しながら、社会主義を建設できると思うのかい」

「わたしは、社会主義は人間のためにあるのであって、その逆ではないと思うわ」とマーシャは言った。「彼らのための短期的に見ての利益も少しは配慮すべきだわ」

「ああ、もちろんだ」

いったい彼は何を考えていたのだろう。ここでは人間の利益が異なっているとでも思っていたのか。ここでは物質への執着が弱いとでも？　彼らのなかには社会主義の理想が生きていて、彼らにとって社会主義はすべてに代わるものであるとでも思っていたのか。

「中国人はわたしたちソ連人が堕落していると責めるけれど、馬鹿げてるわ。もちろん資本主義への逆行は問題外よ。でも、わかって欲しいわ。この国の人はずっと犠牲を払ってきた。戦時中も、戦後の復興の時期にも。それにいまだって、わたしたちは甘やかされているとは言えない。無制限に緊縮政策を押しつけられるわけにはいかないわ」

「その緊縮政策だがね、ぼくにはそれほど厳しいものには思えない。ヴァシリーに比べたら、ぼくの少年時代はもっと大変だった。母の一生は安楽なものではなかった。だけど彼女は幸せだ――まあ、八十三歳でそうであることのできる程度にだけれど――彼女はほんの少しのものしか必要としないからだよ」

「どうして八十三歳でそうであることのできる程度に、なんて言うの？　自分の背後に、長い、充実した人生を感じるのは、大きな満足を与えてくれるはずだわ」

　マーシャは故意に話題をそらそうとした。彼女は、自分の国だと見なしているこの国のことをアンドレと話すのが嫌だった。アンドレがソ連に対して批判するにしろ称賛するにしろ、彼女は少しいらいらして受け取るのだった。

「観念的すぎるわ」と、しばしば彼女は言った。

　彼は元の議論を続けることを諦めた。

「八十三歳ではもう未来がないからね。それは現在の魅力をすべて奪ってしまうよ」

「わたしは、もし八十三歳まで生きていたら、毎日、自分の来し方を話して過ごすだろうと思うわ。自分の背後に八十三年の歳月があるって、すごいじゃない！　彼女はどんなに多くのことを見てきたことでしょう！」

「ぼくもかなりいろいろ見て来たさ。だけどそのうちの何がぼくに残っている？」

「すごくたくさんのこと！　昨日わたしに話してくださったすべてのこと。「赤い鷹〔労働者階級の青少年を対象にした社会教育団体の一つ〕」での合宿のこととか、アヴィニョンでの選挙抗争のこととか」

「話はするさ。だけど、よく思い出せない」

彼もしばしば考えてみたことはある。もし過去がひとつの景色で、その景色のなかを気の向くままに散策して、その紆余曲折や起伏を少しずつ発見することができれば、楽しいだろうな。だが、そうはいかない。彼には、小学生が習ったことを暗唱するように、名前や日付を暗唱することは出来た。ある程度の知識もあった。しかし、彼の思い出の中のイメージは損なわれ、蒼ざめ、古い歴史の本の挿絵と同じように、硬直していた。それらのイメージは、気まぐれに、白い背景の上に浮かんでくるのだった。

「ともかく、人は年齢を重ねるにつれて、豊かになるわ」とマーシャは言った。「わたしは二十歳の頃に比べたら、豊かになったと感じるわ。あなたはそうじゃないの？」

「少しはね。だが、そうじゃないことも多いよ」

「何を失ったっておっしゃるの？」

「若さ」

彼は、「三杯目？　四杯目かな？」と自問しながら、ウォッカをグラスに注いだ。

「わたしは若いことがとても嫌だったわ」とマーシャは答えた。

彼は、少し後悔の思いで、彼女の顔をまじまじと見つめた。彼は彼女に生を与えたが、その後は、彼女の母親である突拍子もない女とその女が再婚した外交官に任せっぱなしにした。

「実の父親がいなくて、寂しかったかい？」

マーシャはためらった。「意識したことはなかったわ。わたしは未来のことで気持ちがいっぱいだった。自分の環境から抜け出すこと。結婚がうまくいくこと。ヴァシリーをきちんと育てること。人の役に立つこと。それから、大人になっていくにつれて、なんて言えばいいかしら、そう、根っこのようなものが欲しいと感じたの。過去が重要なものになったわ。つまり、フランスが。そしてあなたのことが」

彼女はアンドレを信頼しきった様子で見つめていた。彼は後ろめたかった。単に過去のせいだけでなく、現在についても、彼女の父親として自分などよりもっと素晴らしい人物を与えてやりたかったからだ。

「ぼくのこと、しなびた果物みたいで、少しがっかりさせてないか？」

「なんてことを考えるの！　だいいちあなたにはこれからまだまだ時間があるわ」

「いいや。ほんとうのところ、ぼくはもう何もしないだろう。もしパリを離れれば、もしかしたらどうにかなるかもしれない。だが、ニコルにはパリ以外のところで暮らすことは耐えられないだろう。フィリップと離れることもね」

彼は前に一度、冗談めかして話してみたことがあった。そして、ニコルのほうでも冗談めかして答えた。「そんなことをしたら、あなたもわたしも退屈して死んじゃうわ。」いいや、そんなことはない。彼は何度もそうしたいと考えてみた。母がいることは大した負担ではなかった。母が彼らの邪魔になるようなことはなかっただろう。彼は庭仕事をしたり、ガール川の緑色の水の中の鱒を釣ったりしていただろう。ニコルと一緒にガリッグの林を歩いたり、本を読んだり、のらくらと、そして、もしかしたら勤勉に過ごしていただろう。もしかしたら。だが、いずれにしても、それだけが彼に残された唯一のチャンスだった。パリにいたのでは、どうにもならない。

「どちらにしても、たいして問題ではないわ。わたしは、生きたいように生きるべきだっていうニコルと同じ考えだわ」とマーシャは言った。

「ニコルがほんとうにそう思っているかどうかはわからない。それに君だって、残念だって言ったじゃないか」

「あまり考えずに言ったのよ」

マーシャは彼のほうに身をかがめて、抱きしめた。

「わたしは、今のままのあなたが好きよ」

「で、ぼくはどんな風だって言うんだ？」

マーシャは微笑んだ。「ほめて欲しいの？　そうね。一九六〇年に会ったときに受けた印象は——そして、それはいまもそうだけれど——、あなたが他人のために尽くしていると同時に自分自身を忘れずにいられるということ。それから、ものごとに対する注意力。あなたの傍にあるものは、すべてが大切なものになるわ。それから、あなたは陽気だわ。そして、誓って言いますけど、あなたは若いわ。わたしが知っている誰よりも若々しい。何も失ってなんかないわ」

「そんな風に君に好かれているなんて」

彼も微笑んだ。とはいえ、彼は失ったものがあることを知っていた。あの熱意、あの活力。イタリア人がスタミナという素敵な名前を与えているもの。彼はグラスを飲み干した。彼がアルコールの陽気なぬくもりを求めるのはおそらくそのためだった。飲み過ぎよ、とニコルはいつも言っていた。でも、われわれの歳になると、他に何が残っていると言うんだ。彼は歯茎に手を当てた。感じるか感じないかという程度だ。だけど、ともかく少しは感じる。もし、ブリッジを支えている歯を歯科医がなんとか救ってくれなければ、入れ歯をする以外に解決策はない。嫌なことだ！　もはや女性の気を引こうとは思っていなかった。だが、少なくとも、彼を見て、以前は女性に好かれていただろうなと思ってもらえる程度のことは願っていた。完全に性的なものを失った存在にはならないこと。彼はようやく大人としての身分に慣れてきたばかりだというのに、早くもこの老人という身分に突入しかけているのだ。ご免こうむる！

「ニコルも歳を取ることを気にしているの？」

「ぼくほどではないと思う」

「ロストフに行けないことで、ニコルはがっかりしたかしら？」

「少しね」

ニコルときたら一度思い込むと手におえないのだから、とアンドレは愛おしい気持ちで思った。二十歳の頃と同じように元気がよくて、意欲満々なのだ。彼女が一緒でなければ、彼は取りとめのないおしゃべりをしたり、ベンチに腰かけたりしながら、モスクワの街をぶらぶらするだけで満足していただろう。おそらくそのほうがモスクワの空気により深く浸ることができたかもしれない。だけど、もし彼が彼女にそう言ったとしたら、彼女を悲しませただろう。それは彼が一番望まないことだった。

「五時よ！　ニコルとの待ち合わせの時間だわ」とマーシャが言った。「急ぎましょう」

彼らは疾風のようにアパルトマンを後にした。

ニコルはマーシャのアパルトマンがとても好きだった。中庭は陰気で、階段は汚れているし、鉄製のエレベータは錆ついて、動かないことも多かった。けれども、三つの小さな部屋――一人に一部屋ずつ、それに台所と浴室――があり、とてもきれいに整えられていた。何枚かの写真、センスよく選ばれた数枚の複製絵画、ユーリィがアジアから持ち帰った素敵な絨毯《じゅうたん》、マーシャがあちこち移動した子ども時代に集めた品の数々が飾られていた。二人をそこに残して階段を降りているとき、ニコルは急に自分のリビングルームが、家具や、身の回りの物が懐かしくなった。出発の朝、最後に見たときのままに、そうした物が彼女のまぶたに浮かんできた。食卓の上には、まるでレタスのように新鮮で無邪気なバラの大きな花束が置かれていた。ここではバラの花を全然見かけない。それにここに来てから——十日になるが——ほんものの音楽を耳にしていない。それはほとんど身体的喪失感であった。彼女は通りの角を曲がり、ホテルに向かう大通りに入った。パリでは、ラスパイユ通りの店はすべて知っていた。多くの人が顔見知りで、彼女に話しかけた。ここではどの顔も彼女に何も言わない。どうしてわたしは、自分の生活からこんなに遠いところにいるのだろう。六月の晴れた日だった。木々の緑がむせかえるようだった。歩道に沿ってたまったポプラの綿毛のような花粉で、綿毛の小川ができていた。その中で、数羽のハトが体をぶるっと震わせていた。白いふわふわした小片がニコルの周りに舞って、鼻や口に入ってきて、髪にもひっかかり、ニコルをうんざりさせた。その小片は、あの午後、あの図書館でも舞っていて、髪にひっかかった。あの午後、彼女はある意味で、自分の身体に別れを告げたのだった。それ以前にもすでに兆候はあった。鏡のなかや写真に写った姿は艶を失っていた。それでも彼女はまだ、そうした姿のなかに自分を認めていた。男性の友人たちと話をするとき、彼らが男性であり、自分が一人の女性であることを感じていた。そして、あの未知の青年——とてもハンサムな——がアンドレと一緒にやってきたのだった。彼はおざなりの礼儀正しさで握手をした。そして、何かががらっと変わったのだ。ニコルにとって、その青年は、若く魅力的な一人の男だった。だが、彼にとって彼女は無性の存在であり、八十歳の老女と同じだった。彼女が彼のあの視線から立ち直ることはけっしてなかった。彼女はもはや自分の身体と同体ではなくなったのだ。それは見知らぬ抜け殻、悲しい偽装にすぎなかった。おそらくこうした変身にはもう少し時間がかかった。しかし、彼女の記憶はこの変身をあのときのイメージのなかに凝縮していた。ビロードのような二つの瞳が無関心に彼女から逸れたときのイメージ。それ以来、ニコルはベッドの中でも氷のように冷たいままだった。少しは自分自身を愛せなければ、抱かれたいとは思えない。アンドレには彼女の気持ちが理解できなかったが、少しずつ彼女の冷たさに打ち負かされたのだった。この思い出は、毎年夏になると、この同じ日付になると、彼女によみがえってきたが、もう大分前からそれによって傷つくことはなくなっていた。花粉の舞が呼び覚ますあのぼんやりとした春の憂愁、いつもなら彼女はそれを機嫌よく受け入れていた。未来への約束が晴れた日々の美しさのなかに閉じ込められている時節のレミニサンス〔日常生活の中で過去の事象が突然に想起されること〕。ところが今日は、いらいらして、同時に無気力で、落ち着かない気分だった。どうしたのかしら?と、ホテルの部屋にたどり着くと、彼女は自問した。窓台に腰かけて、下を走る車、トンネルのなかに吸い込まれては、ゴーリキー通りの反対側に出てくる車を眺めた。「少し退屈しているのかもしれないわ」と彼女は思った。彼女はモスクワにあまり魅力を感じなかった。少し退屈しているだけで、大したことではない。彼らはレニングラードへ出発しようとしていた。プスコフやノブゴロドも見物する予定だった。彼女は本を手に取った。普段なら、憂鬱さを追い払うには、その理由を納得するだけで十分だった。けれども、退屈という言葉は何も解決してくれず、不安な気分は続いていた。「この部屋は陰気だわ」と、彼女は思った。でも、陰気とか、部屋とか、それにどんな意味があるというの？　フィリップが結婚することを告げたとき、クッションの派手な色合いもヒヤシンスの美しさもニコラ・ド・スタールの見事な複製も、何ひとつ彼女を助けてはくれなかった。とはいえ、今のように取り立てて言うほどの理由もない場合には、楽しい色や優雅な形、素敵な品物があれば、生きる意欲をかき立ててくれるのに十分だ。でも、ここには、何もない。通りの光景も、四方の壁も、家具も、彼女を慰めてはくれなかった。何を慰めるのか。「アンドレだわ！」と、突然、彼女は思った。「わたしはいつも彼に会っている。それでいて、まったく会っていない。」六三年に来たときには、マーシャには仕事があった。今回、マーシャは片時も彼らと離れなかった。彼女にしてみれば、それは自然なことだった。でもアンドレは、アンドレには、ニコルと二人だけで過ごしたいという思いはなかったのか。彼はそんなに変わったのだろうか。かつては、ずっとずっと以前には、彼のほうが情熱的だった。その頃は、ニコルはまだ初心《うぶ》で、あまり情熱的ではなかった。恋愛感情をいだくには、ある種の欠乏、胸の引き裂かれるような思い、何か埋め合わせしたい気持ちが必要だったが、アンドレには厳格な幼年時代、母親の冷淡さ、そしてクレールとの恋愛の失敗があった。逆にニコルのほうは、両親に可愛がられ、恋愛は彼女の人生の大問題ではなかった。彼女の関心は、世の中で認められるようになりたいということだった。快楽の後、ベッドから先に起き上がるのはニコルのほうだった。アンドレはもっとそばにいてほしくて、「行かないで。離れるのは嫌だよ」とささやいた。(彼女は、あまり気が進まないながら、しばしば彼の言うなりにした。)ところがその後、長い共同生活のあいだに、彼女のほうが彼を必要とし、彼がもたらす悦びは増す一方だった。今では、二人のどちらが余計に執着しているのか言うことはできない。シャム双生児のように固く結びついていて、彼はわたしの人生、わたしは彼の人生なのだ。それなのに、彼はわたしと二人きりになれなくても辛くないのだ。彼の気持ちは冷めたのかしら。歳を取るにつれて、物事に無関心になることはある。そういえば、彼は妹の死に、かつて父親を亡くしたときほど動転しなかった。そのことを彼に言うべきかしら。おそらく悲しませることになるわ。彼女は手にしていた本を置き、ベッドに横たわった。美味しい昼食、それにウォッカも飲み過ぎた。眠気が彼女を襲ってきた。

「いまどこにいるのかしら。わたしは誰なの？」

彼女は毎朝、目覚めると、目を開けるよりも前に、自分のベッド、自分がいる寝室を確認するのだった。時に、昼寝をして目が覚めたときにも、「どうしてわたしはわたしなの？」という子どもじみた驚きを感じたものだった。それはまるで彼女の意識が、闇の中から無名のまま姿を現して、再び彼女の肉体に宿る前に躊躇しているかのようであった。彼女を驚かせたのは――自分がまさに自分であることを意識するときの子どものように――自分が他人の人生ではなく、まさに自分の人生の只中にいることを見出すことであった。「いったいどんな偶然の仕業によって？」彼女が生まれないことだってあり得たはずだ。そうすれば、こんな疑問もありえなかっただろう。「わたしは別人であったかもしれない。でもその時には、その別の自分が自分は誰なのだろうという疑問を感じるかもしれない。」彼女は自分が自分であるという偶然性と自分と自分の人生が一致している必然性を同時に感じて、めまいがした。ニコル、六十歳、定年退職した高校教師。定年退職だなんて、彼女にはほとんど信じられなかった。彼女は最初の任地、最初の授業のことを思い出す。秋〔フランスの学年は秋に始まる〕の地方都市で、落葉が足もとでかさかさ音を立てたことを思い出す。それなのに退職した日――その日は、実際に経験した時間の二倍、あるいはほとんど二倍近い時間で遠く隔てられていた――のことは、死そのもののように非現実的に思えた。彼女は時々、もはや通ることはないであろう校門やワックスを塗った廊下、生徒たちが駆けていく足音、もう決して聞くことはないであろう笑い声を懐かしんだ。彼女はこれまでの人生で他にもいくつかの境界線を通過してきたが、それらの線は漠としていた。しかし、この退職という境界線は、鉄のカーテンと同じように明確であった。「わたしは別の側にいるのだわ。」彼女は起き上がり、髪を直した。このところ少し太ったかもしれない。体重計がないのは困るわ。五時半。どうして彼はまだ帰っていないのかしら。わたしが待つのは嫌だっていうことは、よく知っているはずなのに。

彼女は待つのが嫌いだった。でも、彼が戻ってくるや、彼女は温かい気持ちになり、待っていたことを忘れた。

「タクシーがつかまらなくて、歩いてきたんだよ」

「全然、大丈夫よ」と彼女は言った。

「ぼくたち、よく勉強した」とアンドレが言う。

「それでウォッカを何杯か飲んだってわけね」

ニコルは、アンドレの発音のちょっとした欠陥を聞き逃さなかった。少しアルコールが入っていることを示すわずかながら不確かな動作を見逃さなかった。それはまだはっきり感知できるほどのしるしではなく、ニコルがしるしの前兆と呼んでいるものだった。

「飲んだしるしの前兆が出てるわ」と彼女は付け加えた。

「そんなわけはないよ。ほんの少し飲んだだけだよ」

ニコルはそれ以上は言わなかった。水を差すような役をけっして喜んで引き受けているわけではない。ただ、彼の健康が気懸りだったのだ。血圧が少し高すぎる。時々彼女は、どきっとして目が覚めることがあった。「彼が肺がんになるかもしれない。心臓発作を起こすかもしれない。脳充血するかもしれない」

「ご覧よ。申し分なく安定している」とアンドレは言った。

彼はマーシャの腰に手をあてて、ワルツを口ずさみながら、くるっと回した。彼が他の女性と踊っているのを見るのは変な感じだった。たとえその女性の目や顎が彼とそっくりであったとしても。ニコルは時々、マーシャが彼の娘だということを忘れた。アンドレは若い頃にニコルにしたのと同じ甘い言葉、魅惑的な笑顔で、マーシャに話しかけていた。一方、彼らは少しずつお互いに仲間どうしのぞんざいな話し方になり、態度もほとんど無愛想になっていた。誰のせい？　明らかにわたしのせいだわ、とニコルは少し後悔しながら思った。若い頃の彼女はお行儀が良すぎて、よそよそしくて……引きつっているようだった。すぐさま親密な口調で話すように決めたのはアンドレのほうだった。彼の大げさな愛情表現は時として彼女にはうっとうしかった。それで、少しずつ彼女は昔の控えめな態度に戻ったのだ。老人夫婦が若い恋人どうしのようにしていたら、おかしいじゃない。それなのに、ニコルはアンドレとマーシャの馴れ合いにかすかな嫉妬を感じていた。そして、アンドレとの関係にこの新鮮な優しさを保つことができなかったことを後悔していた。昔の堅苦しさに戻ったといっても、彼女はけっしてそうした堅苦しさに完全に打ち勝ったことはなかった。なぜなら、彼女はけっして女性としての条件〔男性の気に入るように可愛らしく振る舞うべきだといった条件〕を完全に受け入れたことはなかったからだ（しかし、アンドレは彼女がそうした条件と折り合いをつけるのを助けてくれた。他の男性にはそうはできなかっただろう。）

「あなた、ダンスはお好き？」とニコルはマーシャに尋ねた。

「上手な相手となら、大好きよ」

「わたしは踊れないの」

「あら！　どうして？」

「パートナーがリードするのが嫌だったの。若い頃、わたしは馬鹿だった。後では、もう手遅れだった」

「わたしはリードされるのが好きよ。安心していられるわ」とマーシャは言った。

「行きたい方にリードしてくれればね」と、ニコルは親しい気持ちで笑いかけながら言った。

ニコルが女性と気が合うのは珍しかった。生徒たちとは大丈夫。幼児や思春期くらいの少女なら、大人の女性のようにならないことを期待できた。でも大人の女性は！　大人の中でも若い女性は、たとえばイレーヌの場合がそうだけれど、あからさまな熱心さで「女の務め」を実行していた。そう、それはまるで務めだった！　年長の女性はニコルに子どもの頃の反抗心をよみがえらせた。

彼女たちはニコルに母のことを思い出させたからだ。「女の子はそんなことをしてはいけません。」女の子は探検家や飛行士や長期航路の船長になることはない。女の子なんだから。モスリンやオーガンジーの洋服、母の柔らかすぎる手や、ふにゃふにゃした腕の感触、彼女の香水はわたしの肌にまとわりついた。母がわたしのために夢見ていたのは、お金持ちとの結婚、真珠や毛皮だった。そして闘いの火ぶたが切られた。「女の子にだってできるわ。」ニコルは学業を続け、自分の運命に逆らうことを誓った。耳目を集めるような論文を書いて、ソルボンヌ大学の教授になり、女性の頭脳にも男性と同じ価値があることを証明してみせる。そういったことはすべて実現しなかった。わたしは授業をし、フェミニズム運動の中で闘った。けれども、他の女性たちと同じように——わたしが嫌いだったそうした女性たちと同じように——夫や息子や家庭に侵食されるままになっていた。マーシャはおそらく誰にも侵食されなかった。それでいて、自分が女であることを容易に受け入れていた。多分、十五歳の時から、女性が劣等感を抱くことのない国で暮らしてきたからだろう。明らかに、マーシャは誰に対しても自分が劣っているとは思っていない。

「夕食は何時に、どこに連れて行ってくださるの」

「七時半にバクーに予約しておきました」とマーシャが言った。「その前に、少し散歩する余裕があるわ。気持ちのいい時間よ」

「じゃあ、行きましょう」とニコルは言った。

ニコルの憂鬱は消えていた。アンドレはマーシャに会うためにここに来たのだから、彼が出来るだけマーシャと一緒に過ごせるようにするのは当たり前だわ。ニコルは、これから三人で過ごそうとしている夜を楽しい気持ちで思い描いた。

＊＊＊

レニングラードで彼らが泊まったホテルはとてもアンドレの気に入った。長い廊下の両側にパールグレーのドアが並んでいて、ドアの上部には楕円形の板ガラスがはめ込まれ、その周りにはロココ調の花綱飾りが施されていた。ガラスの部分には、階によって、ピンクや、グリーン、ブルーの絹のカーテンがかかっていた。室内にはカーテンで目隠しをしたアルコーブがあり、大理石調のどっしりした書斎机、黒革のソファー、房飾りのついたクロスのかかったテーブルなどの古い調度品が気分を落ち着かせてくれた。食堂は、クリスタルのカットグラスがぶら下がったシャンデリアで照らされていて、いたずらっぽい微笑を浮かべてドレスのくずれを直している――もしかしたら脱ぎかかっている？――半裸の少女の大理石像が置かれていた。

「サービスは、モスクワと同じようにゆっくりしてるわね」とニコルが言った。

「オーケストラがあまりうるさくないのはよかったわ」

「まったくマイペースだね」と、一人の給仕を目で追いながら、アンドレが言った。その給仕は脇机のところに行き、そこにグラスを置いて、考え事でもするようにそれをじっと見つめていた。給仕たちはみな頼りなげな身振りで、思い思いに動いていて、急いでいる客を苛立たせていた。通りでその仕事ぶりを目にした石工や土工たち、事務員や店員も同じように気だるげな印象を与えた。しかし、この国の住民は怠け者ではなかった。もしそうなら、いくつかの分野でのこれほど目覚ましい成功を勝ち取ることはなかっただろう。おそらく、学者や技術者は特別な教育を受けたのだ。メンタリティが違うのだ。

「ああ、やっとお勘定がきたわ」とマーシャが言った。

彼らは外に出た。夜の十時の光が何と美しいことか。正午には、宮殿の色彩が太陽の輝きに打ち消されていた。いまは青ざめた太陽の下で、青や緑、赤の色彩が、優しく震えていた。

「素晴らしい都市だわ」とニコルが言った。

確かに素晴らしい。北国らしい上塗りの下に、イタリアバロックの気品と栄光。そして、ネヴァ河の青みを帯びた白い流れに沿った通りの何という陽気さ。とりわけ、グループで歩いたり、歌ったりしている若者たち。

「それでもやっぱりプスコフやノブゴロドに行きたいのかい？」

「行ける時に行かなければ」と、マーシャが言った。

そうだろうけれど、アンドレは、ここで十日間過ごすほうがよかった。レニングラード。その前はペトログラード、そしてその前はサンクトペテルブルクと呼ばれていた。彼はそれらすべてを、それも一度に——かなわない夢だけれど——把握したいと思った。冬のある日〔一九一七年、二月革命〕、町は包囲され、男も女も雪の中をよろよろと歩き、転んで、もう起き上がれない。表面の凍った土の上を人々が引きずる死体。ネフスキー大通りは死体で覆われ、走る男たち、音を立てて飛び交う銃弾、冬の宮殿を攻撃する水兵たち。レーニン。トロツキー。彼の少年時代の記憶にある大叙事詩をいまここに二重写しに浮かび上がらせる方法はないものだろうか。当時はあんなにも遠く思われた、そしていまはこんなにも身近な、そうした叙事詩が繰り広げられた同じ土地に、彼はいま足を踏み入れているのだ。舞台の背景はそのまま存在していた。けれども背景は、人々や出来事が甦るのを助けてはくれない。逆だった。歴史家たちは、それらを生き返らせることに部分的に成功した。けれども、過去を追い続けるためには、現在の世界をあきらめて、書斎の沈黙の中に閉じこもり、独り、書物を前にしなければならなかった。これらの通りに立っていると、現実の厚み、重みが過去の幻影を追い払った。過去をこれらの敷石のなかに刻むのは不可能だった。けれども、今宵、レニングラードは依然として、美しい白夜のレニングラードであることに変わりはない。六三年に来た時は八月で、太陽は沈んでいた。今日は、太陽が沈んでいない。まるで祝祭日だった。川辺では若い男女がギターの音に合わせて踊っている。別の男女は、ライラックの花がざわめくシャン＝ド＝マルスの広場のベンチに腰をかけてギターを弾いていた。花房のはでやかなライラックは、フランスの庭園のライラックに似ていた。日本のライラック〔フランス人はロシアのライラックをなぜかこう呼ぶ〕はもっと地味で、ピリッとした香りがした。アンドレたちはベンチに腰を下ろした。このギターをかかえた青年たちは誰なのだろう。学生？　それとも事務員か工場労働者か？　アンドレはマーシャに尋ねようとして止めた。たいていの場合、マーシャは彼の質問に答えられなくて、それを苦にしていた。情報の提供者としては、マーシャはアンドレを少し失望させた。多分、人々はマーシャが外国人であるために警戒していたのだ。あるいは、ここでも社会は他所と同じように階層区分されていて、彼女は工場労働者の生活や農民の生活をまったく知らなかったのだ。アンドレが啓蒙されたいと願っているような学問や技術の絶大な成果についても知らなかったのだ。

「初めての白夜は、十五歳のときでした。とても興奮したわ」とマーシャが言った。「両親がどうしてそんなに平然としていられるのかわからなかったわ。その日、そう、歳を取るって恐ろしいことだと思った」

「いまはもうそうは思わないでしょう」とニコルが言った。

「いまはかつてなかったくらい満足しているわ」とマーシャは言った。「あなたは？　あなたは失った青春を残念に思うことがありますか」

「いいえ」と答えて、ニコルはアンドレに微笑みかけた。

「他の人も一緒に歳を取るのですもの」

「初めての白夜」と、アンドレはおうむ返しにつぶやいた。彼は居心地の悪い思いがした。この幸せな美しい夜は、彼のものではなかった。彼はそこに一緒にいるだけにすぎず、その夜を共有してはいなかった。人々は笑ったり、歌ったりしていたが、アンドレは自分が除け者であり、ひとりの旅行者にすぎないと感じていた。彼はこうした状況が嫌だった。とはいっても、つまるところ、観光が産業になっている国であれば、あちこち歩き回ることはその国に入っていくひとつの方法だ。イタリアの喫茶店のテラスで、ロンドンのパブで、彼は他の人たちのあいだで、コーヒーを飲んだ。エスプレッソは、彼の口の中で、ローマっこが飲むのと同じ味がした。けれども、ここでは、人々を知るには、労働を通して知る必要が、彼らとともに働く必要があっただろう。彼は人々の余暇から疎外されていた。なぜなら、彼は彼らの労働から疎外されているのだから。仕事のない暇人。この公園の中では、誰一人、暇人ではなかった。ニコルと自分を除いては。

アンドレやニコルの年齢の者はいなかった。ここにいる人たちは皆、何と若いことか。アンドレも昔は若かった。彼は当時の生活の熱烈で優しい味わいを思い出した。今夜、それはそこにいる若者たちのものだった、彼らは未来に向かって微笑んでいた。未来がなければ、現在は何だろう。たとえライラックが香り、真夜中に夜明けのようなさわやかさが漂っていたとしても。一瞬、アンドレは考えた。これは夢だ。いまに目が覚めて、自分の身体を取り戻すだろう。ぼくは二十歳なのだ。いいや、違う。大人の、歳を取った、ほとんど老人といえる男なのだ。彼は近くにいる人たちを羨望の混じった驚きで眺めた。なぜぼくはもう彼らの仲間ではないんだ。どうしてこのぼくに、そんなことが起こりえたのか。

三人はエルミタージュ美術館で二時間過ごした後、歩いて帰ってきた。今回で三度目の見物だった。彼らは、もう一度見たいと思っていた作品をすべて見てきた。翌日にはプスコフに発つことになっていた。彼らはプーシキンの家を見物するだろう。マーシャは田舎がとても素敵だと言っていた。ニコルは草の匂いを嗅げると思って、楽しみにしていた。フロア係の女性が差し出した鍵をニコルが受け取ったとき、彼女はマーシャに観光事務所《イントゥーリスト》からの緊急に会いに来るようにという伝言を手渡した。

「また何か面倒なことが起きたのかしら」とニコルが言った。

「多分、何か細かい手続きの問題だろう」とアンドレは答えた。

彼の楽観主義には付ける薬がないわ！　アンドレはロシア語文法の本に没頭し、ニコルはユマニテ紙を広げた。彼女はこの自動車旅行をとても楽しみにしていた。風景、新鮮な空気、新しい何かを楽しみにしていた。いまでは、エルミタージュ美術館やスモリヌイ大聖堂、宮殿、運河もすべて知り尽くしていた。ここでさらに三日間も過ごす気にはならなかった。

マーシャが帰ってきて、ドアを開けながら、「許可が下りなかったわ」と怒った声で言った。

ニコルはがっかりして「そんなことだと思っていたわ」と心の中で言った。

「わたし、観光事務所《イントゥーリスト》の男と言い争ったのよ。でも、彼にもどうしようもないの。彼はそう命令されたのよ。腹が立つわ。彼らにはいらいらさせられる」

「彼らって、誰だ？」とアンドレが尋ねた。

「正確なところはわからないわ。事務所は何も言おうとしないのよ。多分、部隊の移動でもあるのでしょう。でも、ほんとうは何もないのかもしれないわ」

　度が過ぎているわ。ニコルは自分の中にパニックが沸き起きるのを感じた。わずかな障害に対する苛立ち、退屈するのではないかという心配、神経質になっているのかもしれない。どうすればいいかしら。明日にでもノブゴロドに発ちましょうよ。でも、そんなことをしてもホテルに部屋はないでしょう。いつもあらかじめすべての手はずを整えておかなければならないのだから。そうすると、モスクワにいつまでも、果てしもなく滞在することになるわ。早く別のことを見つけなければ。

「あなたが前に話していた遠出はどう？　島の中にある修道院？」

「それも禁止されるでしょうね」

「でも試してみることはできるわ」

「駄目だよ」とアンドレが言った。「もう一度、許可できませんという返事を聞くために、こうした神経をすり減らされる交渉をマーシャにやってもらうわけにはいかない。ここでゆっくり過ごすことにしよう。それに言ってしまえば、ぼくはその修道院を見たいとはまったく思わない」

「そういうことなら、この話はもう止めましょう」とニコルは言った。

マーシャと別れるや、ニコルは怒りに身を任せた。「ここで三日も退屈しているなんて！」突如として、何もかもがニコルには煩わしく思えた。真っ直ぐに伸びた並木道も、画一的な街路も、音楽を聞きながら際限なく続く夕食も、ホテルの部屋、ここでの生活のすべて、そしてマーシャとアンドレの尽きることのない議論。アンドレは中国を擁護し、マーシャは中国を嫌悪し恐れていた。アンドレは、あらゆる犠牲の下で平和共存政策を続けることに批判的であり、マーシャはそれを支持していた。彼らは繰り返し同じ議論をしていた。そうでなければ、アンドレはマーシャに、ニコルが諳んじている話をしていた。アンドレはいつもマーシャと一緒にいて、ニコルが彼と二人きりで会うことはない状態が続いていた。二人だけになっても、二人の間に会話が成立するにはあまりにも短い時間でしかなく、彼はロシア語の本に、ニコルは新聞にしがみついていた……。彼女は窓に額を押しつけた。あの黒と黄土色の巨大な教会はなんて醜悪なのだろう！「許可が下りなかった」ですって。もし少なくとも、自分で交渉し、争うことができたなら。しかし、すべてはマーシャにかかっていた。マーシャは多分、すぐに思いとどまってしまうのかもしれない。こうした依存状態は苛立たしかった。最初のうち、ニコルはそれを面白がっていたのだが、今では重荷になっていた。パリでは、ニコルは自分の生活の中心にいて、アンドレと相談するかあるいは単独で、さまざまな決断を自分自身でしていた。ここでは、イニシアティブを取り、発案するのは彼女ではなかった。彼女は、マーシャの世界を構成する一つの要素にすぎなかった。ニコルは持参してきた本を眺めた。少ししか持ってこなかったし、ほんとうに関心のあったものは、モスクワで読んでしまっていた。彼女はふたたび窓辺に行った。広場、小公園、ベンチに腰を下ろしている人たち、すべてが午後の平坦な光のなかで生彩を欠いて見えた。時間が停滞していた。時間が時によってとても速く過ぎたりゆっくり過ぎたりするのは恐ろしいことだわ——彼女は、「不当なことだわ」と言いたかった。ブールの高校に着任した時、彼女は生徒たちとほとんど変わらないくらい若かった。老いた白髪まじりの教師たちを哀れみの視線で眺めたものだった。それが瞬く間に！　いつのまにか彼女も老いた教師になっていた。そして、やがて高校の門も閉ざされてしまった。何年もの間、高校での授業は彼女に年齢が変化しないかのような錯覚を与えていた。毎年、新学年が始まるたびに、同じ若さの生徒たちが入ってきて、彼女もまたその不変性を分かち合っていた。時間の大海のなかで、つねに新たな波に打たれながらも、不動で、摩滅することのない岩のようであった。だが今や、彼女は潮にさらわれ、死の岸に打ち上げられるまで運び去られるだろう。彼女の生は悲劇的なほど速く過ぎ去っていく。それでいて彼女の生は、一時間また一時間、一分また一分と、ゆっくり滴り落ちていく。砂糖が溶けるのを、思い出が和らぐのを、傷が癒えるのを、倦怠感が晴れるのを、いつも待たなければならない。この二つのリズムの間の奇妙な断絶。毎日が駆け足でわたしから走り去っていき、それでいて、それらの一日一日のなかでわたしは退屈するのだった。

ニコルは窓から室内の方に振り返った。彼女の心も、彼女の周りも、目の届くかぎり、何という空虚だろう。この一年間、彼女はフィリップの研究を手伝った。それが終わってしまったいま、もう彼の役に立てることは何もなかった。それに彼は、別のところで生きているのだ。気まぐれで、目的のない読書は、クロスワードパズルや間違い探しゲームより、ほんの少しましなだけの時間つぶしにすぎなかった。「時間ができるわ、時間がすべてわたしのものになる、なんて素敵なことでしょう!」と思っていたが、時間はあっても、使いようがなければ、幸運でもなんでもない。それに、暇がありすぎるのも活力を失わせるものだということに気づかされたのだった。青灰色のスレート屋根に一瞬きらめく光の反射、空の色、時折——昔の話だが——そういったものが与えてくれた思いがけない激しい喜び、そうした喜びが彼女の心をきゅんと締めつけたのは、朝早く家を出たときとか、メトロから地上に出たときとかであった。通りをゆっくりと、手持ち無沙汰に歩いているときには、そうした喜びは逃げていった。太陽の輝きは、遮るもののない灼熱の下でよりも、閉じた鎧戸の隙間から漏れてくるときのほうが、余計に感じるものである。

ニコルは退屈を我慢できたことがなかった。そしてその午後、不安でいたたまれないほどの退屈に苦しめられたのは、それが未来にまであふれだしていたからだった。これから先何年もの退屈、死によって終わりを告げられるまで続く退屈。「せめて何か計画でもあれば。何か仕事でもしていれば！」と彼女は思った。遅すぎるわ。もっと早く取りかかるべきだったわ。それは彼女の責任だった。でも、それだけではなかった。アンドレは彼女を支援してくれなかった。それとなく彼はニコルに重しをかけた。「仕事はもう十分だよ。答案の採点はそのくらいにして、もう寝ようよ……もう少しベッドにいてよ……散歩にいこうか……映画に連れてってあげよう。」彼は、ニコルが自分から何かをしようという気持ちを、それとは気づかないまでも、ことごとく押しつぶした。「彼の言うなりにならなければよかったのだわ」とニコルは思った。彼女はさまざまな恨みごとを発明した。それというのも彼女はアンドレに恨みを抱いていたからだ。彼は彼女の考えも聞かずに決断したのだ。「ここにいることにしよう」と。それに何よりも、彼はマーシャと少し距離を置くための努力をまったくしていない。そんなことは考えてさえいないのだ。彼は以前ほどわたしに執着していないのだろうか。パリでは、わたしたちはさまざまな習慣の網目でお互いにしっかり結ばれていて、問題の起きる余地がなかった。けれどもこうした殻の下で、わたしたちの間には、いったいどんな真実の、そして生き生きとしたものが残っているだろうか。彼がわたしにとって何であるかがわかったところで、わたしが彼にとって何であるかはわからない。「彼に話してみることだわ」と、彼女は心に決めた。モスクワでは、マーシャは何かと用事があるし、彼らのほうでも四六時中、一緒に居てもらう必要はなかった。でも、アンドレに自発的にその気がなければ、話し合いの機会を設けても何になる？　いいえ、止めておくわ。やはり彼には話さないだろう。ニコルはフィリップへの手紙を書き始めた。

「この教会は、いまも教会として使っています。お入りになってみますか」とマーシャが言った。

「もちろんよ」とニコルが言う。「まあ！　金色の光が美しいこと」

いくつものイコンが壁面やイコノスタシス〔ビザンティン様式の教会で聖所と身廊を隔てる仕切り壁。イコンが描かれている〕に静かに輝いていた。影さえもが金色の流体のようであった。香や蠟燭の匂いはアンドレに吐き気を催させた。民族衣装をまとった老女たちが、もぐもぐと祈りを唱えながら、両膝をついてにじり歩き、地面にひれ伏して、敷石に接吻していた。カトリック教会よりもっと薄気味が悪かった。奥の、左手のほうで、鼻にかかったような声が響いた。彼らは声のした方に近づいた。奇妙な情景だった。絹のような黒く長い鬚《ひげ》をたくわえ、衣装を身に着けた一人の司祭のまわりを数人の若い男女が輪になって回っていた。彼らはそれぞれ、白い衣を着せた赤ん坊を抱いていて、赤ん坊たちは泣きわめいていた。司祭は単調な声で祈りを唱えながら、短い金属の棒でそれらの乳飲み子に聖水を振りかけていた。それは何かの遊戯のようであった。親たちは泣き叫ぶ子どもを静かに揺すりながら、輪になって回っている。

「集団洗礼だわ！　見るのは初めてよ」とマーシャが言った。

「子どもに洗礼するのは、よくあることなの？」

「信心深いお祖母さんがいて、彼女を悲しませたくないときなどに」

「で、あれは？　あれは何かしら」とニコルが尋ねた。

そこには壁に沿って、箱が並んでいた。空の棺だった……。そして、六つの棺が地面に並んで置かれ、その中には死者が一体ずつ横たわっていた。あご当てで縁取られた顔はむき出しで、蠟のような色をして、どれも似通っていた。

「もう行きましょう」とニコルが言った。

「刺激が強すぎたかい？」とアンドレが言う。

「ええ、とても。あなたは？」

「ぼくは平気だ」

アンドレは自分の死に対して無関心だった。彼には、生き残ること、生き続けることのほうが死ぬことよりも難しく思えた。他の人たちの死は……。彼は免疫になっていた。二十五歳で、父親を亡くした時、彼はむせび泣いた。二年前に妹を葬った時には、彼女をとても愛していたにもかかわらず、涙を流さなかった。だが、母親の時にはどうだろう？　マーシャも、彼と同時に、そのことを考えた。

「お祖母さまが生きているうちにお会いしたいわ。亡くなられたら、辛いでしょうね？」

アンドレはためらいながら言った。

「わからない」

「だって、あなたは彼女をとても愛しているじゃありませんか！」と、ニコルが驚いた声で言った。

「わたしは辛いと思うわ。それにおかしな感じがすると思うわ。上の世代にはもう誰もいなくなるのですもの。つまり、わたしたちは一段、押し上げられるわけだわ」と彼女は言った。

彼らはタクシーでネフスキー大通りまで戻り、カフェのテラスに腰を下ろした。

彼らはコニャックを注文した。あまり上等のコニャックではなかったが、カフェではウォッカは出さないのだ。酔っ払いにはお気の毒だが、コニャックのほうがずっと高くついた。実際、多くの人が、ポケットにウォッカの瓶を忍ばせていた。

「宗教的な葬儀は多いの？」

「いいえ。この場合もまた、教会を通して行うように頼んだり、死者を教会に導くのは、主に歳を取った女性たちです。」マーシャはそう答えてから、ためらいがちに付け加えた。

「そうは言っても、ある日曜日の朝、モスクワの教会のひとつに入ってみたのですが、驚きました。男性が結構多いのです。中年の、あるいは若い男性もいました。以前より、ずっと増えています」

「嘆かわしいことだ」とアンドレが言う。

「ええ」

「もし人々が天上を信じたいのだとすれば、もう地上のことはたいして信じてないということだ。つまり、現に行われようとしている福祉政策は、きみが言うほど幸せなものではないという意味だね」

「まあ！　福祉政策ですって！　言い過ぎだわ」と、マーシャは言った。「わたし、今はイデオロギー的に後退期だっていうことを否定したことはないわ」と、彼女は付け加えた。

「それはどのくらい続くのだろう？」

「わからないわ。でもヴァシリーや彼の友だちのように情熱に満ちた若者たちがいます。彼らは幸福も自由もどちらも排除されない社会主義のために闘おうとしているのよ」

「素晴らしい計画だ」と、アンドレは懐疑的な口調で言った。

「信じないの？」

「そうは言ってない。だが、どちらにしてもぼくはそんな社会主義が実現するまで生きてはいないだろうよ」

そうなのだ。彼の不満には名前があった。使いたくないが、使わざるを得ない名前、それは「失望」だった。中国やキューバやソ連、あるいはアメリカ合衆国でさえ、そうした国に行ってきた旅行者たちが「失望した」と言うのが、彼は総じて憎らしかった。彼らが悪いのだ。彼らはあらかじめ自分でいろいろ考えて、そうした考えが事実によって否定されたといって失望するのだ。それは彼らの過ちであって、現実が悪いのではない。しかし、つまるところ、いま彼が感じていることも同じようなものであった。もし彼がシベリアの処女地や、科学者たちが仕事をしている都市を訪れていたら、事態は違っていたかもしれない。しかし、モスクワやレニングラードでは、期待していたことを見つけられなかった。正確なところ、彼は何を期待していたのか。それも漠然としていた。いずれにしろ見つからなかったことに変わりはない。もちろんソ連と西欧の間には大きな違いがあった。フランスでは技術の進歩は特権階級と被搾取者の溝を深めることにしかならなかったのに対して、ここではそうした進歩がいつかすべての人に利益をもたらすような経済構造が整っていた。社会主義は最終的に現実になるだろう。それはいつか世界中で勝利を収めるであろう。いまは後退期にすぎなかった。世界中で――おそらく中国は除いて――、後退期なのだ。しかし、中国については、不確かなこと、あまり安心できないことしかわからなかった。人々は後退期を抜け出すだろう。その通りだ。それは可能だった。それはありうることだったが、アンドレがそうした蓋然性を確認することはないだろう。若者たちにとって、今の時代は別の時代よりも悪いものではなかった。アンドレが二十歳の頃より悪いものではなかった。ただし、彼らにとって出発点である今の年月は、アンドレにとってはひとつの終着点であり、つまりは挫折であった。彼の年齢では、次に来るであろう局面に立ち会うことはないだろう。善に向かう道は悪より危険だ、とマルクスは言った。人は若いうちは、自分の前に永遠が広がっているという幻想を抱いて、思い切って行動する。そして後になって、歴史の誤算と呼ばれるものを克服するだけの力はもはやもたず、代償が大きすぎると思うのだ。アンドレは自分の生涯を正当化するために歴史に賭けたのだが、もはやそうした期待は消えていた。

⁂

結局のところ、時間はかなり速く過ぎて行った。ノブゴロドでの楽しい二日間。一週間もしないうちにニコルはパリにいるだろう。彼女はふたたび、自分の住まい、自分の生活、そしてアンドレを見出すだろう。

アンドレが彼女に微笑みかけた。

「ダーチャ〔ソ連の大都市近郊の別荘〕を見てみたいと言っていただろう。行けることになったよ」

「マーシャにお礼を言わなくちゃ」

「女友だちのダーチャで、ここから三〇キロメートルほどのところだ。ユーリイが、この日曜じゃなくて、次の日曜日に、車で連れて行ってくれるだろう」

「次の日曜日？　だって、わたしたち火曜日に発つじゃありませんか」

「違うよ、ニコル。滞在を十日間延長することに決めたじゃないか」

「あなたたちで決めたのね。わたしにはひと言も言わないで！」とニコルは言った。

突然、彼女の頭の中に赤い煙が立ちこめ、目の前に赤い靄《もや》がかかった。彼女の喉で何か赤いものが叫び声をあげた。彼はわたしをないがしろにしている！ひと言も言わなかったわ！

「話したじゃないか。きみに相談しないでこんなことを決めるわけがない。きみも賛成していた」

「うそだわ！」

「ぼくがマーシャのところで少しウォッカを飲んで帰った日だよ。君が、ぼくに飲んだしるしの前兆が出てるって言った日だ。その後、バクーで夕食を取って、戻ってきて、ぼくたち二人になったときに、話したじゃないか」

「何も言わなかったわ。絶対に。よくわかっているはずよ。もしそうなら、きっとショックを隠せなかったわ。あなたはわたしのいないところで決めて、そして今度は嘘をつくのね」

「きみが忘れたんだよ。ねえ、考えてごらん。これまでぼくがきみに既成事実を押しつけたことがあったかい？」

「何事にも初めがあるわ。おまけにあなたは嘘をついている。そしてそれも初めてじゃないわ」

昔は彼は嘘をつくことはなかった。でも、今年になって、小さいことだけれど、嘘をついた。二度も。その時は、「歳のせいだよ。面倒くさくなるんだ。説明すると長くなりすぎると思って、省略したんだよ」と、笑いながらあやまった。彼はもうそんなことはしないと約束した。でも、もう一度あった。そして今日は、もっと重大だった。ボトルを一本あけてしまったとか、医者の診察を受けずにごまかしたとかいう話ではなかった。彼女が怒ること。それはまれだったし、彼女がアンドレに対して怒りを感じたことはめったになかった。だが、その時の怒りは、疾風のように、彼女を、アンドレから、彼女自身から、彼女の生活から、彼女の身体から、何千キロメートルも離れたところまで運び去り、燃えるように熱いと同時に凍りついた恐ろしい孤独のなかに放り出した。

アンドレは、面変わりしたニコルの顔を、唇を引き締めた、強情そうな顔を見つめた。かつてあれほど彼を怖がらせた、そしていまも彼を動揺させるこの表情。確かにぼくは話した。彼女が忘れているんだ。あのとき彼女はここが気に入っていた。後十日間、滞在を延長するかしないかはそれほど大したことではなかった。彼女は少しずつ退屈し始めていた。フィリップに会えないのが寂しいんだ、ぼくだけでは不足なんだ、ぼくだけで満足ということは決してなかった。ぼくは彼女に話した。この部屋で、バクーでの夕食の後に。だけど、記憶力に自信のある人がそうであるように、彼女は自分が間違うこともありうるということを絶対に認めないだろう。それにしても、彼女に相談しないで決めることなどないのを彼女はよく知っているし、この旅行の間、いつも彼女の言いなりにしてきた。モスクワに十日余分にいることは、さほど難しいことではない。大海を飲み干せと言っているわけでもあるまいし。

「ねえ、十日延長することはそれほど深刻なことではないだろう」

ニコルの両眼には怒りの火花が散った。ほとんど憎しみといってもよいものだった。

「わたし、もううんざりなの！　あなたにはわたしがどんなに退屈しているかわからないのよ！」

「わかるよ！　フィリップに会いたいのだろう。それにきみの友人たちにも。ぼくだけでは不足なんだってことは百も承知だよ」

「行ってちょうだい。ひとりにして。もうあなたの顔も見たくないわ。行ってちょうだい」

「ユーリィやマーシャはどうするんだ。彼らは下で待っているんだよ」

「わたしは頭痛がするって言って。何でも適当に言ってちょうだい」

　彼はドアを閉めた。彼はうろたえていた。「彼女はぼくといるのがそれほど退屈なのだ！」さっき「ぼくだけでは不足なんだ」と言ったとき、彼女は反論さえしなかった。彼はモスクワにいることにそれほど固執してはいなかった。だが、マーシャはその気になっている。マーシャに辛い思いをさせたくはなかった。ニコルもわかってくれてもいいはずだ……。しかし、ニコルと口争いをする気にはなれなかった。彼には彼女とのいかなる不和も耐えられなかった。ともかく、食事が終わったらすぐに帰ることにしよう。きっと彼女も話を聞いてくれるだろう。彼女に話すのをほんとうに怠ったなんてことがありうるだろうか。いいや、そんなことはない。あのとき彼はパジャマを着て、ベッドに腰かけていて、彼女はブラシで髪を梳《と》かしていた。彼女は何て答えたのだったか。「いいんじゃない？」、またはそんな意味のことだった。ぼくが彼女に無断で決めることなど絶対にない。それは彼女にもわかっている。

アンドレがドアを閉めるとすぐに、ニコルは涙で息が詰りそうになった。まるで、彼が死んだわけでもないのに、永遠に失ったかのようだった。ギロチンが頭を切り落すには一分もかからない。ひとつの言葉がアンドレとの絆を断ち切るのにも一分とかからなかった。わたしたちはお互いにしっかり結びついているなどとどうして思うことができたのかしら。一緒に過ごした過去から考えて、彼女は自分が彼に執着しているのと同じくらい彼も彼女に執着していると信じていた。しかし、人は変わる。彼は変わったのだ。彼が嘘をついたこと、最悪なのはそのことではなかった。彼は、叱られるのが怖い子どものように、ふがいなく嘘をついたのだ。最悪なのは、彼が彼女の気持ちを考慮しないで、マーシャと二人で決めたことだった。彼女のことはまったく忘れていたのだ。彼女の考えを聞くことはおろか、知らせもしなかった。事態を正面から見る勇気をもたなければ。この三週間、彼はわたしたちが差し向かいで過ごせるような心配りを一切しようとしなかった。彼の微笑み、彼の優しさはすべてマーシャに向けられていた。わたしが望んでいようがいまいが、彼にはどうでもよかった。「それじゃ、モスクワにいることにしよう。レニングラードにいることにしよう。」彼はここにいることが気に入っていて、わたしも同じように気に入っていると信じているのだ。それはもう愛情なんかじゃない、わたしはひとつの習慣にすぎないのだわ。

　ニコルにはもうこの部屋の中にいることが耐えられなかった。彼女は顔を直すと、外に出た。街を歩くこと。恐れや怒りを鎮めるために、雑念を追い払うために、これまで彼女はよくそうしたものだった。ただ、彼女はもはや二十歳ではなかった。五十歳でもなかった。すぐに疲労が彼女を襲った。彼女は街角の公園のベンチに腰を下ろした。彼女の前には小さな池があって、一羽の白鳥が漂っていた。人々が、通りすがりに、彼女をじろじろと見た。彼女は取り乱した様子をしていたのかもしれない。あるいは単に、彼女が外国人だと気づいただけかもしれない。きっと今頃、アンドレはユーリィやマーシャと一緒に、予定どおり、モスクワ川沿いの船着き場のレストランで夕食の最中だろう。彼は不快な気持ちを引きずっているかもしれないが、それも確かではない。彼にはその時々に身を任せて、嫌なことを消し去る才能がある。彼は彼女のことを忘れ、距離を置き、次に会う時には彼女も落ち着いているだろうと思っているのだ。彼はいつもそうだった。自分が幸せなとき、彼女も幸せなはずだと思っている。実際には、二人の生活にはほんとうの意味での均衡はなかった。アンドレは、まさに、彼が望むものを手にしていた。家庭、子ども、余暇、快楽、友情、そしていくばくかの波乱。それに対してニコルは、若い頃のあらゆる願望を、彼のために諦めた。彼はそのことをわかろうとしたことはなかった。彼のせいで、彼女は自分にこの先残されている時間をどう使えばよいのかわからない女性になっていた。別の男性なら、彼女に仕事をするように後押ししてくれたかもしれない、自ら手本を示してくれたかもしれない。けれども彼は彼女を仕事から引き離した。彼女の手中には何もなく、この世で彼以外には何もなく、突然、その彼も失ったのだ。怒りのもつ恐ろしい矛盾、それは愛ゆえに生まれ、愛を殺してしまう。一秒ごとにアンドレの顔や声を思い起こしながら、彼女は恨みの炎をかき立て、そのために一層傷つけられた。それは、息を吸うたびに肺が引き裂けるように痛むにもかかわらず呼吸しないわけにはいかない、あの自らの苦痛をつくり出す病気と同じであった。「それで、どうしろというの?」と、放心状態のままホテルの方に戻りながら、彼女は自問した。逃げ道はない。彼らはこれからも共に生き続けるだろう。彼女は自分の不満を埋もれさせるだろう。多くの夫婦がこうして、諦めの中で、妥協して、何とか生きているのだ。孤独の中で。わたしは独りぼっちだ。アンドレの傍にいながら、わたしは独りぼっちなのだ。そのことを認めなければならない。

彼女はホテルの寝室のドアを開けた。ベッドの上にはアンドレのパジャマが、床には部屋履きがあり、ナイトテーブルにはパイプとタバコが一箱、置かれていた。一瞬、胸の張り裂けるような思いで、彼の存在を感じた。まるで彼が病気か追放によって、彼女から遠く引き離されていて、彼が残していった物の中にその面影を見出したかのように。目に涙が浮かんできた。身体がこわ張った。彼女は薬を入れてあるサックから睡眠薬のケースを取り出すと、二錠飲み、ベッドに横たわった。

「わたしは独りぼっちなのだわ！」激しい不安が彼女を打ちのめした。生きていることの不安は、死の恐怖よりもさらに耐え難いものであった。砂漠の真ん中の小石のように孤独で、自分の存在が無益であることを意識せずにはいられない。身体全体が引きつり、こわばり、声にならない喚き声を発していた。それから、彼女はシーツの間にもぐり込み、眠りに落ちた。

朝になって、彼女が目を覚ましたとき、彼は体を丸め、片手で壁を支えて眠っていた。彼女は視線を背けた。彼に対する少しの愛情も感じなかった。彼女の心は、聖体ランプさえ灯されていない荒れ果てた礼拝堂のように、凍りつき、生気がなかった。部屋履きもパイプももはや彼女の心を動かさなかった。それらは愛しい人の不在を喚起するものではなかった。それらはただ、彼女と同じ部屋に住む他人の延長でしかなかった。「ああ！　わたしは彼を憎んでいる」と、彼女は絶望とともに思った。「彼はわたしが彼に対して抱いていた愛を殺してしまったのだわ！」

ニコルは無言のまま、敵意をあらわに、部屋の中を行ったり来たりしていた。彼らが若かった頃、アンドレはしばしば、この「わたしは認めない……。そんなことすべきではない」とでもいうような険しい顔に出くわしたものだった。そんな時、彼はその厳しさに唖然とした。年齢は彼の方が上だったが、長い間、彼は誰であれ大人は自分よりも年長だと見なしていたのだ。しかし、今日は、彼女は彼をいらいらさせた。「いつまでふくれっ面を続けるつもりなんだ？」度が過ぎている。この旅行の間、彼女が満足するように出来るだけのことをしてきた。いや、彼らの生活においてはいつもそうだった。彼がパリに住み続けているのは、彼女のためだ……。話しあったことを忘れているのだとしても、少しはぼくを信じてくれてもいいじゃないか。彼女はまるで機会を狙っていたかのようだった。彼女はどんな恨みを抱いていたというのだろう。もっと優秀な夫をもたなかったことを後悔しているのだろうか。彼女はもう彼を愛していないのだろうか。ほんとうに愛していたのなら、彼と一緒にいるのに飽き飽きしたりはしないだろう。結婚した当初、彼は彼女のそっけなさに苦しんだ。しかし、いつかそのうち変わるだろう……と思った。そして、変わったと思った。だが、ほんとうはそうではなかったのだ。彼は歳を取ることの唯一の代償として、フィリップが結婚し、ニコルも退職して、彼女のすべては彼のものになるだろうと期待していた。しかし、彼女が彼を愛していないとすれば、彼だけでは満たされてないとすれば、頑固に恨み続けているとすれば、二人だけで暮らすという夢も危ういものになる。ある年齢を過ぎて、実際に別れることも出来なくて、仕方なく一緒に暮らしているような人たちのあの悲しい老いを、彼らもまた生きることになるのだろうか。いいや、そうは思いたくなかった。昨日はまだ優しく輝くように微笑んでいた女性と口元をきっと結んで怒った仏頂面をしている女性、これは同じ女性だろうか。

「何という顔をしてるんだ！」

彼女は何も答えなかった。そして、今度は彼も腹が立った。

「ねえ、きみが先に帰りたいのなら、引き止めはしないよ」

「そうしようと思います」

ショックだった。彼女が彼の提案を真に受けるとは思っていなかったのだ。そうか、彼女は出発するんだ、と彼は思った。少なくとも、はっきりわかった。もう幻想を見るわけにはいかない。ぼくは彼女にとって古い習慣にすぎない。彼女はぼくを情熱的に愛してくれたことはなかったのだ。昔はわかっていたのに、そのうち忘れていた。覚えていなければならない。気持ちを強くもつんだ。彼女には彼女が好きなようにさせよう。そしてぼくも好きなことをしよう。彼は母親が暮らしているヴィルヌーヴ・レ・ザヴィニョン〔ローヌ川を挟みアヴィニョンと向かい合う位置にある〕の家の庭を、糸杉の匂い、太陽に傷めつけられたバラの匂いを想った。モスクワから帰ったら、パリを引き払って、プロヴァンスに住むことにしよう。ニコルのために犠牲になっているなんて馬鹿げている。それぞれ好きにすればいい。

あの本の中で彼らが言っていること、意思疎通は不可能だとか、誰もお互いに理解することはないというのは、やはり正しいのかしらとニコルは自問した。彼女はアンドレを見た。彼はマーシャの長椅子に腰かけて、ウォッカのグラスを手にしていた。彼女は自分たちの過去のすべてを遡って考えてみなければならないと思った。彼らは並んで生きてきた。それぞれ別個に、お互いを知らないまま、一体になることはなく、隠し立てもしなかった。今朝、ホテルの部屋を出る直前に、アンドレは何かためらっているような様子で彼女を見た。彼は話し合いたかったのかもしれない。けれども彼女はドアを開け、彼も後に続いた。途中のタクシーの中でも、彼らは沈黙をまもっていた。何も話し合うことはなかった。言葉は、この怒り、この苦しみ、この頑なになった心を前にして、砕け散ってしまうだろう。なんという無頓着、無関心！　一日中、彼らはマーシャの前で、礼儀正しいお芝居をしていた。わたしがアンドレより先に発つことを、どうやって彼女に言えばいいのだろう？

アンドレは、誰に咎められることもなく自由に、四杯目のウォッカを飲んでいた。若かった頃、アルコールは彼を情熱的にし、魅力的にした。少し度を過ごすことはあっても、呂律が回らなくなったり、足がもつれるようなことはなかった。今では、いつからだろうか、言葉がうまく出なかったり、動作が自由にならなかったりした。医者は、アルコールやタバコは彼にとって百害あって一利なしだと、少しずつ自分の死を飲み込んでいるようなものだと言っていた。ふたたび不安が、怒りよりももっと毒々しい不安がニコルを意固地にした。

「飲み過ぎだわ。」彼女は唇を噛みしめた。彼は自由だった。それが彼の気に入るのならば、命の炎を少しずつ消していくのも自由だった。いずれにしろ、いつかは二人とも死ぬのだ、場合によっては、死ぬのも生きるのも同じようなものだ。彼がマーシャとロシア語で会話しようと試みている姿には何か年寄りくさいものがあった。マーシャは彼のアクセントを笑い、彼らは奇妙にうまが合っていた。時々、彼は心配そうな様子で、一方の頬を指で触った。ニコルは、「わたしたちまだ、それほど年寄りじゃないわ。違うわ」と叫びたかった。彼は変わってしまった。彼女はこの旅行の間に、そのことに気づいたのだった――多分、彼と一緒にいなかったぶん、彼女はいつも彼を見ていたのだ。彼はもう、のんびり暮らすことしか望んでいなかった。以前、彼は生きることだけを愛していた。彼にとって生きることとは、絶え間ない発明であり、楽しく、思いがけない冒険だった。彼はそうした冒険に彼女を引きずり込んだ。今では、彼はくすぶっているような印象を彼女に与える。これが老いなんだわ。でもわたしは嫌。

彼女の頭の中で何かがぐらぐら揺れた。頭蓋骨に衝撃を受けて、視界が乱れ、世界が上下に二重に見えて、どちらが上でどちらが下かわからない時のようだった。彼女の人生、過去、現在についてのイメージが二重になって、一つに合わさらない。どこかに間違いがある。今のこの瞬間は嘘なのだ。そこにいるのは彼ではない。彼女でもない。この場面は別の場所で起きていることなのだ……。残念ながら、そうではない。過去のほうが幻影なのだ。よくあることだわ。何と多くの女性が自分の人生について思い違いをしていることか、それも一生を通じてずっと。彼女の人生は、自分でそう思っていたものではなかったのだ。アンドレは激しやすく多感であったので、彼女は彼に熱烈に愛されていると思っていた。実際は、彼は彼女のいないところではすぐに彼女のことを忘れた。彼は二人の間に第三者がいても、苦にしなかった。彼女にとってアンドレの存在は尽きることのない喜びであったが、アンドレにとって彼女の存在はそうではなかったのだ。もしかしたらわたしは彼の重荷でさえあるのだ、ずっと重荷だったのだ。

「マーシャ、決めなければならないことがあるの。わたしの出発のことなんだけれど。わかるでしょう、パリでしなければならないことがあるの」

「ああ！　でたらめを言うんじゃない」とアンドレは言って、娘の方に向き直った。

「ニコルはぼくに怒ってるんだ。ぼくが彼女に相談しないで、モスクワ滞在の延長を決めたって言い張るんだよ。実際は、ぼくはちゃんと彼女に話したのに」

「きっとそうだと思います」と、マーシャは勢いよく言った。「わたしがもう少し長くこちらにいてくださるように提案したとき、彼が最初に言ったことは、ニコルに話してみよう、でしたから」

なんて仲がいいんだろう！

「彼はそうしなかったのよ。彼はそうするのを忘れておいて、嘘を言っているの」

また彼女はゴルゴン〔［ギ神］ステンノ、エウリュアレ、メドゥーサの三姉妹。醜悪な顔と蛇の頭髪を持ち、目には人を石に化す力があるという〕みたいな顔をしている。しかし、これまでの人生で初めて、彼はその顔が怖くなかった。彼女が間違っている、根本的に間違っている。マーシャは事態を収めようと努めたが、ニコルは素っ気なく答えて、彼がウォッカをグラスに注ぐのを、非難のまなざしで見ていた。うるさい女、彼女はまさにそういう女になりつつあった。

彼はウォッカを、ロシア風に、一気に、挑戦的な態度で飲み干した。

「酔っぱらいたいなら、そうなされば。わたしにはどうでもいいことだわ」とニコルは冷ややかな声で言った。

「お願い。そんなに早くパリに帰らないでくださいな。残念ですわ」とマーシャが言った。

「あなたはそうかもしれないけれど、彼はそうではないわ」

「ああ、ぼくはそうではない」

「ほら、おわかりでしょう。少なくともこの点ではわたしたち同意見なのよ。彼は誰にも文句を言われないで、ウォッカを十本、飲み干せるでしょうよ」

「そんな意地悪な顔をしたきみといても、まったく面白くもない。少し別れているほうが二人のためにいいと思うよ。モスクワから戻ったら、ぼくはヴィルヌーヴに行くつもりだ。一緒に来るようには頼まないよ」

「安心してちょうだい。一緒に行くつもりはないわ」

彼女は立ち上がった。

「わたしたち、お互いの顔を見るのも我慢できないのだから、もう会わないでいましょう」

彼女はドアに向かって歩いた。マーシャが彼女の腕をつかんだ。

「馬鹿げてるわ。行かないでください。話し合ってください」

「わたしたちはどちらもそうしたくないの」

ドアは大きな音を立てて閉まった。

「彼女が行くのを止めるべきだったわ」とマーシャは言った。

「今朝、彼女と話し合おうとしたんだ。だが、彼女は聞く耳をもってない。消え失せてしまえ！」

「飲み過ぎだわ」とマーシャは言った。

「じゃあ、瓶を片づけてくれ」

マーシャは瓶を片づけて、戻ってくると、当惑した様子でアンドレと差し向かいに腰を下ろした。

「あの夜はバクーで、お二人ともかなりお飲みになったわ。彼女に話すのを忘れたまま、話したと思ったのかもしれない」

「あるいは彼女のほうが、話したことを覚えてないのかもしれない。彼女は少し酔っていて、その後、すぐに寝てしまったから」

「それもありうるわね。いずれにしても、お二人とも悪意はなかったのよ。それなのに何故喧嘩しているの？」

「ぼくは彼女に悪意がないことを否定しない。彼女の方が、ぼくが嘘をついていると言い張っているんだ。そんなことを言う権利はないよ」

マーシャは微笑んだ。

「わたし、あなた方がこんな風に……、まるで子どもみたいに、口喧嘩できるなんて想像もしていなかったわ」

「六十にもなって、というのかい？　だけど、大人ってなんだ、それに老人ってなんだ？　歳を取った子どもだよ」

彼にとってこの喧嘩が我慢ならないのは、まさに彼らの年齢のせいだった。自分たちの背後にあるこの長い間の相互理解、それをニコルは裏切ったのだ。

彼の誠実さを疑うということは、彼女がこれまで彼に対して決して全面的な信頼、尊敬を抱いてなかったからにほかならない。そしていつも彼の飲むお酒の量を監視していた。「ぼくをうんざりさせて楽しむために。」彼はもう彼女のことを考えたくなかった。

「プラウダ〔ソビエト連邦共産党の機関紙〕を見せてくれ。勉強しよう」

「これから？」

「ぼくは酔ってなんかいないよ」と彼は少し喧嘩腰で言った。

彼はひとつの記事を訳し始めた。少しして、マーシャが立ち上がった。

「わたし、電話してみます。ニコルがちゃんと帰れたかどうか知りたいから」

「帰れないわけがないだろう？」

「かなり逆上してたみたいでしたから」

「どちらにしろ、ぼくは電話に出ないよ」

ニコルはまだ帰っていなかった。一時間後にも、真夜中にも。あるいは彼女は戻っていたけれど、電話に出ないのかもしれなかった。

ホテルの前に車を止めながら、マーシャは「わたしも部屋まで一緒に行くわ」と言った。「彼女が戻っていることを確かめたいの」

フロア係の女性がアンドレに鍵を渡した。ニコルは戻っていないのだ。静かだ。空っぽの部屋が彼の心を絞めつけた。ウォッカの酒気は消え失せて、それと一緒に怒りも消えていた。

「どこにいるのだろう?」

どのビストロも店じまいをして、寝静まった街の中をさまよっているニコルを想像するのは嫌だった。

「一つだけ開いているところがあるわ。彼女は多分そこにいるのよ。ナショナル・ホテルのバーよ」

「行ってみよう」とアンドレは言った。

ニコルは、ウイスキーのグラスを前に、そこに腰かけていた。唇はだらりとたれ、視線は一箇所を見つめていた。

アンドレは彼女の肩をつかみ、抱きしめたかった。けれども彼が口にする最初の一言で、彼女の表情は一変し、硬直するかもしれない。彼は近づいて、おずおずと微笑んだ。表情は変わり、硬直した。

「何しにきたの？」

彼女は飲んでいた。言葉は口の中でもたついた。

「車で迎えに来たんだよ」

彼は片手を軽く彼女の肩にのせた。

「さあ、一緒に一杯飲んで、仲直りしよう」

「したくないわ。帰りたくなったら、帰ります」

「ここで待っているよ」と彼は言った。

「いいえ。わたしは歩いて帰ります。一人で。こんなところまでわたしに付きまとうなんて、少し度が過ぎていると思うわ」

マーシャが言った。「わたしにいますぐ、あなたを連れて帰らせてください。どうぞ、わたしのためにそうしてください。そうでなければ、わたしたちここで二時まで待ちます。明日の朝、わたしは早く起きなければならないのです」

ニコルはためらった。

「わかったわ。そうするのはあなたのためよ。あなたのためだけにそうするのよ」と彼女は言った。


光がニコルの瞼を通して差し込んできた。彼女は瞼を閉じたままにしていた。頭が重く、死ぬほど悲しかった。どうして酔っぱらったのかしら。彼女は恥ずかしかった。戻るとすぐに、着ていたものをところかまわず脱ぎ捨てて、倒れ込んだのだった。彼女は何やら黒い深みの中に沈みこんでいた。それは液状で、重苦しく、重油のようだった。そして今朝もまだ、その深みからほとんど浮かび上がることができなかった。彼女は眼を開けた。アンドレが、彼女のベッドの足元の肘掛椅子に腰かけて、微笑みながら、じっと彼女を見ていた。

「ねえ君、こんなことを続けるのは止そうよ」

突如として、それはまさしく彼だった。彼女はそこにいつもの彼を見出した。過去の、現在の、ただ一つのイメージ。けれども、彼女の胸にはあの鉄の刃が刺さったままだった。彼女の唇は震えた。これ以上さらに身を硬くし、そのまま真っ直ぐに沈んで、闇の深みの中に溺れこむか。それとも、差し出されているこの手を掴もうと試みるか。彼は、あの落ち着いた、心を和ませる声で話していた。彼女は彼の声が好きだった。自分の記憶に確信をもてる人はいない、と彼は言った。もしかしたら、彼は彼女に話さなかったのだ。だが、話したと主張したとき、嘘を言ったわけではない。彼女もまた、もはやまったく確信がもてなかった。彼女は努力して、言った。

「つまるところ、おそらくあなたはわたしに話したのに、わたしが忘れたのかもしれないわ。まさかとは思うけれど、ありえないことではないわ」

「どちらにしても、お互いに腹を立てる理由はまったくないよ」

彼女は無理やり微笑んだ。

「そのとおりだわ」と彼女は言った。

彼は彼女に近寄り、両肩に腕をまわし、こめかみにキスをした。彼女は彼にしがみつき、頬を彼の上着にこすりつけて、泣き始めた。頬を流れる涙の温かい快感。なんという安らぎ！　愛している人を憎むのはとても疲れるものだ。

彼は陳腐な言葉を繰り返した。「ぼくの可愛い人、ぼくの愛する人……」

「わたし、馬鹿だったわ」

「ぼくがうかつだった。もう一度話すべきだった。きみが退屈していることを理解するべきだった」

「まあ！　それほど退屈してはいないわ。誇張していたのよ」

あなたと二人だけになれないことが寂しいの、という言葉は声になって出なかった。そんなことを言えば、非難しているみたいになるわ。あるいは、お願いするみたいになるわ。彼女は立ち上がって、浴室に行った。

「ねえ」と、彼女が戻ってきたとき、彼が言った。「もし先に発ちたいのなら、そうしなさい。でも、ぼくがきみと一緒に発つと、マーシャにはとても辛いことだと思う。昨夜、彼女はぼくにそうするように提案した。だけど、そんなことをするのは思いやりがないと思う。ぼくは、きみも一緒に残ってほしいのだ」と彼は付け加えた。

「もちろんよ。わたしも残るわ」と彼女は言った。

ニコルは困っていた。怒りが消えて、気持ちが鎮まれば、彼女にはそんな敵対行為——それも何の益もない——をする力はないだろう。パリで何が彼女を待っているというのだ。

「わかるかい。実はぼくも時間をもて余し始めているんだ。旅行者としてモスクワで暮らすのは、いつでも面白いというわけではない」

「どちらにしても、あなたがおっしゃったように、十日間は大したことではないわ」と彼女は言った。

廊下に出ると、彼女は彼の腕にすがった。彼らは和解していた。それでも、彼女は彼の存在を確かめる必要を感じていた。

＊
＊＊

映画館の暗闇の中で、アンドレはニコルの横顔をこっそり盗み見た。二日前に二人が争って以来、彼にはニコルが少し寂しげに見えた。それとも、彼自身の寂しさを彼女の中に投影しているのだろうか。二人の間はもはや以前とまったく同じではなかった。もしかして、彼女はさらに十日間モスクワに留まることに同意したのを後悔しているのではないだろうか。それとも、彼女の猜疑心と怒りのせいで、思った以上に深く傷つけられたのは彼のほうなのかもしれない。彼は映画の女性飛行士の話に興味をもてなかった。彼は重苦しい気持ちを反芻していた。マーシャは、老いるとは自分が豊かになることだと言う！　多くの人がそう思っている。歳月はワインにブーケを、家具に古色を与え、人に経験と英知を与える。一瞬一瞬は次に続く瞬間によって包み込まれ、裏付けられ、より完成した未来を準備する。失敗さえもが、最後には修復されるだろう。「沈黙の粒子の一つ一つが成熟した実となる機会である。〔ポール・ヴァレリーの詩「棕櫚」の一節〕」彼はこれまで、こうした考え方に陥ったことはなかった。しかし、彼はまた、モンテーニュ流に人生を死の継起であると見なしてもいなかった。乳児は胎児の死ではないし、幼児は乳児の死ではない。彼はニコルが死んで、生き返るのを見たことがない。彼はフィッツジェラルド〔アメリカの小説家。『華麗なるギャツビー』など〕の、「人生は崩壊へのプロセスである」といった考え方も拒否していた。彼の身体はもはや二十歳の頃の身体ではなかったし、記憶力も少々低下していたが、それでも自分というものが減退したとは感じていなかった。そして、おそらくニコルもそうだった。彼は最近まで、たとえ八十歳になっても、いまと変わらないままでいるだろうと、断固として確信していた。だが、いまはもうそう信じてはいなかった。ニコルが笑っていたあのどうしようもない楽観主義も、かつての頑強さをなくしていた。夢の中で抜け落ちて、吐き出したあれらの歯、入歯にしなければならないのではという恐れ。間近に迫る老衰。少なくとも彼らの愛には決して終わりがないことを彼は願っていた。むしろ、歳を取ったニコルは一層彼のものになるように思えていた。それなのに今や、彼らの間で、おそらく何かが崩れようとしていた。どうすれば彼らの動作や言葉の中にある、過去の慣習の反復でしかないものと新鮮で生き生きしたものとを判別できるだろう？　彼のほうでは、ニコルに対して、初めの頃と同じように若々しい気持ちを保っていた。

でも、彼女のほうは？　それを言葉にして尋ねたことはなかった。

「お好きな本を選んでください」とマーシャがニコルに言った。彼らは少しうるさいくらい熱心に、ニコルの気を紛らわせようと努めていた。昨夜は映画を観に行った。良い映画だったけれど、今日の午後にはもう、その女性飛行士の物語は退屈に思えた。読書。もちろんよ。他に何をするというの？　マーシャは翻訳の仕事をしていた。アンドレは辞書を片手にプラウダ紙を解読しようと努めていた。ニコルは棚に並んだプレイヤード叢書を吟味した。長編小説、中編小説、回想録、短編小説、彼女はすでにそれらをすべて、あるいはほとんど読んでいた。けれども、授業で説明したテキストは別にして、それらの作品の何を覚えているだろう。彼女が学士課程修了の年に、一文一文細かく分析した『マノン・レスコー』〔アベ・プレヴォーの小説。一七三一年〕でさえ、正確に思い出せる段落は一つもなかった。とはいえ、思い起こすことのできないそれらのページをふたたび読んでみようという気持ちにはなれなかった。彼女は再読するのは嫌だった。読むにつれて思い出す、あるいは少なくともそんな気がする。でもそれでは、読む楽しみを生み出すものが奪われている。ほとんど創作といってもよい、あの著者との自由なコラボレーションが欠けている。彼女は自分がいま生きている時代への好奇心を保っていた。彼女は新しいことに通じていたかった。けれども、これらの昔の書物、いまの彼女を、そしてこれからもそうあり続けるであろう彼女を形成したこれらの書物は、いったい彼女に何をもたらすことができるだろうか。

「選択に迷うだろう」とアンドレが言った。

「迷ってしまうわ」

ニコルは、プルーストの『失われた時を求めて』の中の一巻を取り出した。プルーストは別格だった。空で覚えている文章、彼女はそれが出てくるのを待ち、それに出会うと、語り手がヴァントゥイユ〔『失われた時を求めて』に登場する老ピアノ教師。彼が作ったソナタは、語り手を魅了する〕の小楽節に出会ったときと同じくらい大きな幸せを感じるのだった。けれども今日は、集中することができなかった。何かが変わってしまった、と彼女は思った。彼女はアンドレを見た。一つの存在、それはいったい何なのか。彼の首の後ろで、彼らのあの長い物語が失われていった、その物語はこれらのページの中に閉じ込められたテキストと同じように馴染み深いものでありながら、忘れられてしまった。パリでは、たとえ何キロメートル離れていようとも、彼は彼女の傍に存在していた。それに、彼が彼女の心の中に最も驚くべき確実性をもって存在するのは、おそらく、彼が遠ざかって行くのを窓にもたれて見ているその瞬間であった。彼のシルエットが小さくなっていき、通りの角を曲がって見えなくなる、その一歩一歩が彼の帰り道を描いていた。この見かけは空っぽの空間には、彼を彼女の元に、まるで彼の生来の場であるかのように、抗いがたく連れ戻す力が満ちていた。彼が必ず戻ってくるというこの確信は、生身の身体の存在にもまして彼女の心を動かした。今日、アンドレはここにいる、彼そのものが彼女の手の届くところにいる。けれども、彼らの間には、目で見ることも触れることもできないが、絶縁皮膜のようなもの、沈黙の皮膜が存在していた。彼は気づいているだろうか。いいえ、おそらく気づいていない。彼は答えるに違いない。

「だって、以前のままだよ。何が変わったというのだい」と。

これまでも夫婦喧嘩をしたことはあった——しかしそれは重大な理由があってのことだった。二人のどちらかが浮気をしたときとか、息子のフィリップの教育方針とか。それらは本物の闘いであり、激しいものだったが、彼らはさっさと、後を引かないようにけりをつけた。今回の不和は、煙の渦のようなものだった。炎の立たない煙。はっきり体をなしていないだけに、完全に消滅しないでいた。それに、と彼女は思った。以前はベッドでの情熱的な和解もあったことを認めねばならない。欲望、官能のうずき、快楽の中で、余計な不満は焼け焦げてしまい、ふたたびお互いに新鮮で、上機嫌で向かい合うことができた。今では、そうした助けが欠けていた。それで、ニコルは屁理屈を並べ立てたのだ。彼らの不協和の責任の大半は彼女にあった。彼が嘘をついていると思いこんだことにあった。(それにしても、たとえ小さなことにしろ、以前、彼はなぜ彼女に嘘をついたのだろう。)彼にもまた咎はあったのだ。問題をもう一度話し合うべきであった、あっさり片づいたものと見なすべきではなかった。彼女のほうもあまりにも疑り深かったとはいえ、彼も無頓着だったし、無頓着なままであった——彼はニコルの頭の中で何が起きているかなどまったく心配していなかった。

彼の心は干からびたのだろうか。怒りの発作の中で、彼女は彼に対して、多くの不当な考えを抱いた。耄碌したのよ、いや違う。ただ生きているだけにすぎないわ、そんなことはない。でも、おそらく以前より感受性は薄れている。当然、人は衰えるものだ。これほど多くの戦争、殺戮、大災害、不幸、死を前にして、人は感じなくなる。わたし自身、アンドレの母親が死ぬとき、涙を流すだろうか。わたしのことを「わたしの可愛い子」と呼んでくれる人はもういなくなってしまうわ、と彼女は思った。悲しかった。けれどもそれはエゴイストな考えだった。もはやマノンに会えなくなったら、寂しいだろうか。アンドレやフィリップに関わることになると、彼女は傷つきやすかった。だけど、他の人のことだったら？　それにフィリップやアンドレに対してさえも、今の彼女は何の熱意も感じなかった。

夫婦になったからそれを続けるような夫婦。彼らに待っている未来もそうなのだろうか。友愛、愛情はある。けれども、一緒に生きるための真の理由はない。そういうものなのだろうか。最初のうちは、真の理由があった。若い頃のニコルは、男性がほんのわずかでも彼女に対して優位に立とうとするやいなや反抗したものだったが、アンドレは一種の率直さで彼女を征服した。そうした率直さは他の誰にも見出せないものだった。彼が「あなたは完全に間違っているよ」とため息まじりに言うときの愕然とした様子は、彼女に反抗する気を失わせたのだった。

母親には甘やかされ過ぎ、父親には顧みられなかったニコルは、女であるということによる傷を受けていた。いつか一人の男の体の下に身を横たえるという考えは彼女を憤慨させた。アンドレの慎み深さ、優しさのおかげで、彼女の性《セックス》に対する偏見は改められた。彼女は喜んで快楽を受け入れた。さらに数年後には、子どもを欲しいと願い、母親であることが彼女を幸せでいっぱいにした。そうだ。彼女に必要だったのはまさに彼であり、他の誰でもなかった。でも彼は、どうして彼は彼女を愛したのだろう。彼女は攻撃的な性格だったので、大体において好かれなかったのに。もしかしたら、母親の厳格さ、厳しさは、彼にとって重荷であったと同時に必要でもあったのだ。そして、彼はニコルの中にそうしたものを見出したのであろう。彼女は彼が大人になるのをそれなりに助けたのだ。いずれにしても、彼女は、他のどんな女性よりも自分は彼にふさわしいと思っていた。間違っているのだろうか。彼女のほうはどうだろう、他の男性となら、もっと見事に自分を開花させていただろうか。無益な問いだった。唯一の問題は、何が彼らの間に現在も残っているかだった。彼女にはそれがわからなかった。

その日の午後、マーシャは他に用事があった。彼女はニコルとアンドレを一人のタクシー運転手にゆだねて、細かい指示を出してあった。彼らは、郊外で車を降りた――そこはすでに三年前にも来たことがあったが、モスクワの入り口にあるほんものの村だった。彼らは両側にイスバ〔モミ材を用いた丸太つくりの農家〕が立ち並ぶ通りを上って行った。

「そんなに速く歩かないで。写真を撮りたいわ」とニコルが言った。

彼女は突如として、旅行の写真がまったくないのは残念だと宣言して、ユーリィの写真機を借りてきたのだ。これまで彼女はほとんど写真を撮ったことがなかった。彼は彼女が一軒のイスバに焦点を合わせているのを見た。「ぼくといるのに退屈しているんだ」と彼は思った。タクシーのなかでも、彼らは何も話すことがなかった。とはいっても、もう仲違いはしていなかった。だから余計に悲しいのだ。多分、彼は退屈な人間になったのだ。ヴィルヌーヴでヴァカンスを過ごすときでも、ここほどいつも一緒にはいなかった。彼女は彼と一緒にいることに飽き飽きしているのだ。退屈しているせいで、彼女もまたあまり面白くはなかった。彼女はイスバをもう一軒、そしてまたもう一軒、写真に撮った。人々は、日当たりのいい、自分の家の敷居に腰を下ろして、おしゃべりをしていたが、ニコルが写真を撮るのを不快そうに見ていた。その中の一人が何か言った。アンドレには何を言っているのか理解できなかったが、愛想のいいものには思えなかった。

「彼らはきみが写真を撮るのを嫌がっているように思うよ」と彼は言った。

「どうして?」

「これらのイスバはすてきだけれど、彼らはみすぼらしいと思っていて、この外人女めは自分たちの貧しさを写して、持ち帰ろうとしているのだと、疑っているんだよ」

「わかったわ。止めます」と彼女は言った。

二人はふたたび黙り込んだ。実際のところ、彼がこの滞在を延期したのは間違いだった。マーシャとの関係にしても、それが何の役に立つというのだ? どちらにしても、彼らはまた長い間別れていることになるのだ。二年、三年、もっと長く? 彼らはほんとうにもっと早く再会したいのだろうか。一九六〇年にマーシャにパリを見せて、六三年には初めてソ連を訪れて、マーシャと一緒に過ごした。それは大きな喜びだった。今回は——初めのうちを除いては

――そのときほどの楽しさを見出さなかった。彼はマーシャをとても愛していたし、彼女も彼の愛に応えてくれた。けれども、彼らが世界を見る見方は非常に異なっていた。そして、お互いに相手の生活の中にほんとうの居場所をもっていなかった。ロマネスクな印象は、到着した当初は彼を魅了していたが、少しずつ消滅していった。「パリで特にしなければならないことはないのでしょう」「ないよ」というたったそれだけの受け答えのせいで、納得のいく理由もなく、ニコルに逆らって怒らせてしまったのは馬鹿げていた。

「実際、滞在を延長したのは馬鹿げていた」

「もし、それがあなたにとっても喜びでなかったのなら、馬鹿げているわ」とニコルは言った。

「不満に思っているんだね」

「あなたが後悔しているのなら、そうね」

そうなのだ。彼らの間にはふたたび堂々巡りが始まろうとしていた。彼らの会話は、どこかがうまく動かなくなっていた。お互いに、相手の言うことを多かれ少なかれ歪めて受け取った。こうした状態から抜け出すことはできないのだろうか。どうして昨日できなかったことが今日できるだろう。そんな理由はなかった。

彼らは教会のポーチの下を通り、ニコルは教会の写真を撮った。少し向こうの丘の上に、複雑な建築様式のもう一つ別の教会がそびえているのが見えた。その教会はモスクワ川を見下ろす位置にあり、川の向こうには広大な平原が、そして遠くにモスクワが見えた。彼らは草の上に座り、景色を眺めた。

「ほら、やっぱり。わたしたち二人だけになったというのに、お互いに何も話すことがない、話したいとさえ思わない」と、ニコルは苦い気持ちで思った。彼女は、アンドレも彼女と一緒にモスクワの写真を撮ることを面白がるだろうと思っていた。絵葉書はあまりに粗悪だったので。でも彼は無関心で、むしろ苛立っているように見えた。彼女は草の中に寝そべって、目を閉じた。突然、十歳に戻った気がした。彼女は草地に横たわり、頬に大地と植物のこの匂いを感じていた。子どもの頃の思い出は、なぜこんなに感動的なのだろう。なぜなら、時間は無限に広がり、夕べは遠景のなかに消えて行こうとしていたが、未来に対して彼女は永遠を感じていたからだ。「この国、ソヴィエトで何がわたしにとって物足りないのかわかったわ」と彼女は思った。ウラジミールで過ごした一夜を除いて、彼女の心に深く触れたものはなかった。それは彼女の中に共鳴を引き起こすものがなかったからだ。人生で彼女を感動させたさまざまな瞬間、そうした瞬間はいつも、それらの瞬間そのものとは別の何かを想起させた。それらの瞬間は彼女にとってまるで一種のレミニサンス、あるいは一種の予感のように思われた。それはひとつの夢の現実化、実際に生を得た一枚の絵画、自分の中にあって、近づくことのできない、神秘的なひとつの現実、そうした現実のイメージのように思われた。ソ連では、彼女は根無し草であっただけでなく、遠く離れていてもイタリアやギリシアを愛するように、ソ連を愛したことはなかった。だから、ここでは美しいものも単にそれだけのものにすぎなかったのだ。彼女はここでは美しいものを賞賛はしても、その魅力の虜になることはなかった。アンドレにはわたしが理解できるかしら、と彼女は自問した。彼はそんなことには関心がないだろう、と寂しく思った。それにしても、二人だけになりたいとあれほど願っていたのに、少しも楽しめていないのは、あまりにも心残りだった。

「わたし、どうしてソ連では何にもたいして心を動かされないのか、ようやくわかったわ」

「どうしてだい？」と彼は言った。

彼はまさにそこにいて、注意深く耳を傾けていた——彼は誰に対してもそうだったが、彼女に対して一層そうであったのだ。それで、彼女は彼に話すのをためらったことにわれながら驚いた。この視線の温かさにつつまれて、今まで心の中でひそかに思っていたことを彼女は声に出して説明することができた。それはとても容易なことだった。

「要するに、今度の旅行はわれわれ二人にとって、少し期待外れだったということだ」

「あなたには、そうじゃないでしょう」

「ある意味で、そうだよ。あまりに多くのことをぼくは見逃した。ここに到着したときから、前進していない。パリに戻るのはぼくも嬉しいよ」

彼は少し非難するように彼女を見た。

「ただし、ぼくは嫌になってはいない。きみと一緒にいれば、嫌になることなどない」

「あら、わたしだってそうよ」

「だけど、きみは叫んだじゃないか。わたし、もううんざりだわって」

彼の声にはほんとうの寂しさが感じられた。彼女は怒りに任せてそう叫んだのだったが、自分が口にした言葉を忘れていた。そして、彼の方はその言葉に深く傷ついていたように見えた。彼女はためらったが、話す決心をした。

「ほんとうのところ、わたしはマーシャがとても好き。でも、あなたといるのに、彼女も一緒かそうでないかは同じではないわ。わたしが嫌だったのは、けっしてあなたと二人きりにはなれなかったことなの」

そして、苦い思いで付け加えた。「あなたにとって、それは同じことだったかもしれないけれど、わたしにとっては違うのよ」

「だって、二人だけの時だってたくさんあったじゃないか」

「そんなに多くはないわ。それにあなたはロシア語の文法にのめり込んでいたじゃない」

「話しかければよかったじゃないか」

「あなたは話したくなかったのでしょ」

「まさか、そんなことはないよ。いつだって話したかった」

彼は改めて考えてみた。

「おかしいね。ぼくは、パリにいる時よりもずっと二人でいることが多いような気がしていた」

「でも、いつもマーシャが一緒だったわ」

「きみはマーシャととても気が合っているように見えたし、彼女がきみの負担になっているなんて思ってもみなかったよ」

「彼女とは気が合っているわ。でも、わたしたちの間に第三者がいるっていうことは、同じことではないわ」

彼は妙な微笑を浮かべた。

「それは、週末にきみがフィリップを一緒に連れて行きたがるときに、ぼくがしばしば思っていることだ」

ニコルは困惑した。確かに彼女はよくフィリップに一緒に来るように誘ったことがあったが、それは当たり前のことのように思っていた。

「それはかなり違うわ」

「フィリップはぼくの息子だからかい？　それでもやはり、ぼくたちの間の第三者だよ」

「彼はもういないわ」

「君はそれが残念なんだろう！」

彼らはふたたび喧嘩を始めようというのか？

「どんな母だって息子の結婚を喜びはしないわ。でも、そのためにわたしが病気になるなんて思わないで」

彼らは黙った。否。ふたたび沈黙に陥るべきではない。

「フィリップがいて鬱陶《うっとう》しいことがあったのなら、なぜそう言わなかったの」

「きみはよく、ぼくが排他的だと言って責めたじゃないか。どちらにしても、きみがぼくだけでは満足じゃないのなら、きみからフィリップを取り上げてみたところで、ぼくには何の得にもならない」

「なんですって？　わたしがあなたに満足してないですって？」

「きみはきみの人生の中にぼくがいることに満足しているよ。ただし、ぼく以外のものももっているという条件でね。君の息子や君の友だち、そしてパリ……」

「あなたが言っていることは馬鹿げてるわ」と、彼女は驚いて言った。「あなただって、わたし以外のものが必要じゃないの」

「ぼくは、きみさえいれば、他のものはなくてもかまわない。きみと二人で田舎で過ごせれば、最高に幸せだ。いつだったかきみは、田舎では退屈で死んでしまいそうだって言ってたけどね」

ヴィルヌーヴに引きこもりたいというあの夢は、思っていたよりも真剣なものだったのだろうか。

「あなたは田舎の方が好きで、わたしはパリの方が好き。それって、人は子どもの頃を過ごした場所が好きだからだわ」

「それがほんとうの理由ではない。きみにはぼくだけでは十分じゃないんだ。それに、この間ぼくがそのことを言ったとき、きみは反対さえしなかった」

彼女は覚えていた。あのときは怒っていたのだ。それに彼女は、彼が要求する言葉を無理やり口にするのはいつも苦痛だった。硬くなり、引きつってしまうのだ。

「あのときは怒っていたのよ。あなたに愛の告白をする気分ではなかったわ。でも、もし、わたしがあなたを大切に思っていることを、あなたがわたしに対するのと同じくらい大切に思っていることを信じられないとしたら、あなたってほんとにお馬鹿さんだわ」

彼女は、優しく微笑んだ。彼女の言っていることはほんとうだった。確かにマーシャはいつも彼らと一緒にいた。

「要するに」と彼は言った。「誤解があったということだ」

「そうね。わたしはあなたがいなくて寂しかったのに、あなたはわたしがあなたといることにうんざりしていると思っていた。喜んでもいいことだわ」

「そしてぼくのほうは、きみを独り占めできれば幸せだったのに、きみにはそれがわかっていなかった」

「それにしても、どうしてわたしたちこんなに理解し合えなかったのかしら」

「ぼくたちが味わった失望が、ぼくたちの気分を害したのだ。それにお互いに打ち解けて話そうとしなかったこともある」

「いつもすべてを打ち明けるべきね。自分に対しても、相手に対しても」とニコルは言った。

「きみはいつもぼくにすべてを打ち明けている?」

ニコルはためらった。

「だいたいのところ。あなたは？」

「だいたいのところ」

彼らは一緒に笑った。どうしてこの数日、彼らは共に生きることができなかったのだろうか。すべてがふたたび、とても打ち解けて、容易に思えた。

「あなたに言わなかったこと、そして大切なことがひとつあるわ。モスクワに来たときから、わたし、急に老いを感じたの。わたしには生きる時間がほんのわずかしか残っていないことを実感したのよ。そのために、少しでもうまくいかないことがあると我慢できなかった。あなたはご自分の年齢を感じていないけれど、わたしは感じるの」

「えっ！　感じているよ」と彼は言った。「しょっちゅう、そのことを考えているよ」

「ほんとう？　そんなこと聞いたことがないわ」

「きみを悲しませないためだよ。きみだって、言ったことはないじゃないか」

しばらくの間、彼らは黙っていた。けれども、それはもはや先ほどまでと同じ沈黙ではなかった。ようやく再開された、そしてもはや止むことはないであろう対話における単なる一時休止にすぎない。

「帰りましょうか」

「帰ろう」

彼は彼女の腕を取った。

「話し合うことができて、とても幸運だわ」と彼女は言った。言葉を用いることのできないカップルの場合、誤解は雪だるま式に大きくなって、彼らの間のすべてを駄目にしてしまうのだ。

「われわれの間にあった何かが駄目になったのではないかと少し心配した」

「わたしも」

「しかし、よく考えてみれば、そんなことは不可能だ」と彼は言った。「ぼくたちは、最終的に、必ず互いにわかり合えるはずだった」

「ええ。きっとそうなるに違いなかった。この次は、もうそんなに心配しないわ」

彼は組んでいた腕に力を込めた。

「この次は、もうないだろう」

もしかしたら、もう一度くらいあるかもしれない。しかし、そんなことはどうでもいい。彼らはもはや互いに離れたところをさまようことはけっしてないだろう。彼は彼女にこの数日間、頭の中をよぎったことのすべてを話しはしなかった。そしておそらく彼女のほうでも、いくつかのちょっとした事柄を心の中にしまっていた。そんなことはどうでもいい。彼らはお互いをふたたび見出したのだ。彼は彼女にいろんな質問をするだろう。そして彼女はそれに答えるだろう。

「どうしてきみは歳を取ったと思ったのだい？」

訳者あとがき

本書は二〇一三年一月にレルヌ社から出版された *Malentendu à Moscou*（直訳すると『モスクワでの誤解』）の全訳である。一九六七年に執筆されたこの中編小説は、エリアーヌ・ルカルム＝タボンヌによる「序文」にもあるとおり、一九九二年にリール第Ⅲ大学の研究誌『小説20―50』に掲載されたものの、一般の読者の目に触れる機会は限られていた。単行本としての出版後、海外では現在までに二六ヵ国で版権が取得され、いずれも大きな反響があったと聞いている。日本でも、著者シモーヌ・ド・ボーヴォワールの生誕一一〇周年にあたる年に、翻訳出版できたことはとても嬉しい。それにしても、執筆から半世紀もの年月を経ても、少しも古びていないのは驚きだ。それどころか、高齢化の進んだ現在にふさわしい作品だとさえいえる。

作品の主人公のニコルとアンドレは、ボーヴォワールとサルトルの当時の年齢にほぼ相当する老境のカップルである。もう一人の主人公、マーシャは、一九六二年に彼らが初めてソ連を訪問した時から、通訳兼ガイドを務め、サルトルの恋人にもなったレーナ・ゾニナの面影を宿している。ボーヴォワールはレーナを「ずばぬけた知性と教養の持ち主である」と認めており、サルトルがソ連に対して抱いていた幻想を批判し、現実の姿を知らしめたのも彼女であったことが知られている。

ニコルとアンドレは、ボーヴォワールとサルトルとは異なり、定年退職した平凡な元高校教師である。作品では、この普通のカップルを襲った夫婦の危機を通して、老いるとはどういうことなのかが、知的意見としてではなく、彼らの心情を伝える繊細な筆致で描かれており、共感せずにはいられない。この共感は、ニコルとアンドレの両方の視点から物語が進展し、読者には二人ともが正しいことがわかるという手法にも負っている。

危機をもたらした最大の理由は老いることの不安であるが、それは不確かな未来への不安であると同時に、取り戻すことの出来ない過去への郷愁や後悔でもある。しかし、老いとは欠点だけではない。ボーヴォワールの処女作、『招かれた女』（一九四三年）で描かれたようなトリオ（「おのおの意識は他の意識の死をもとめる」）とは異なり、『モスクワの誤解』のトリオは互いを尊重し合っている。こうした「他者への寛容」は、老いがもたらす長所かもしれない。仲良く暮らしたいというのは、誰もが願うことだろう。寿命の延びにともなって、おひとり様も増えているけれど、共白髪のカップルも増えている。「夫婦喧嘩は犬も食わぬ」というけれど、この喧嘩、読んでみる価値があるのではなかろうか。

舞台になっている旧ソ連の当時の経済的・文化的な状況、中ソ対立を背景とする複雑な国際政治状況も詳細に記されていて興味深い。しかし、何よりも、ボーヴォワールの細事を見逃さない観察眼と繊細な感性を通して生き生きと描かれた、都市や田園風景、そこで生活する人々の表情、珍しい風習……は、印象的である。読者は登場人物と一緒にモスクワやウラジーミル、レニングラードへの旅を楽しむことができるだろう。

ボーヴォワールの作品は、「著者紹介」にもあるように、大きく四つのジャンルに分類できるが、そのどの分野でも成功を収めている。特に『第二の性』は、本国フランスで、ルモンド紙が一九九九年に行ったアンケート「二十世紀の本ベスト一〇〇―無人島に行くとしたら持って行く本は?」で、十一位にランクされている。ちなみに一位から十位は小説作品で、サルトルの『存在と無』は十三位、女性著者で二十位以内に入っているのはボーヴォワールの他には十九位のアンネ・フランクだけであった。

日本でも、戦後間もない一九四七年頃から、サルトルと並ぶ実存主義の作家として紹介され、一九五二年には小説『招かれた女』、哲学的エッセイ『ピリュウスとシネアス』、『実存主義と常識』、翌五三年には小説『人はすべて死す』、『他人の血』、五三年から五四年にかけて『第二の性』と、矢継ぎ早に翻訳出版された。一九六六年秋にサルトルとともに来日したときには、ゴンクール賞を受賞した『レ・マンダラン』など、それまでのボーヴォワールの作品はすべて翻訳され、多くの読者を得ていた。どしゃ降りの雨のなか、深夜の羽田空港に一〇〇人を超す報道陣に混じり、何百人もの若者が詰めかけたという。『第二の性』の著者として、また、サルトルと法律上の結婚形態を取らない自由な関係（ユニオン・リーブル）を享受する一人の女性として、憧れの混じった関心をもって歓迎されたことが分る。

ところが、現在では書店の棚でボーヴォワールの作品を目にすることが少なくなり、読者も減るという悪循環に陥っているように思える。本書をきっかけに、ボーヴォワールの他の作品も読んでみたいという読者が増えることを切に願っている。

なお、訳出にあたりニコルとアンドレの視点が交替する二四のシーンを明確にするために、『小説20―50』も参照し、最終的には訳者の判断で、行間を空けたところがあることをおことわりする。

右に記した厳しい出版状況の中で、本書の出版を引き受けてくださった人文書院に心から感謝したい。とりわけ、編集部の井上裕美さんにはお世話になった。彼女の熱意に心からお礼を申し上げる。

二〇一八年二月

井上たか子

著者紹介

シモーヌ・ド・ボーヴォワール（1908―1986）

哲学、小説、回想録、書簡文、ボーヴォワールはこれらのどの分野においても成功をおさめた。1954年には小説『レ・マンダラン』でゴンクール賞を受賞し、『娘時代』から『決算のとき』に至る四巻の回想録は幅広い読者を獲得している。また、死後に出版された書簡集や青春時代の日記は彼女の作品と同時にその人間性に対する読者の関心を刷新した。しかし何といっても、彼女に国際的名声をもたらしたのは、20世紀のフェミニズムにとって避けて通ることのできない作品、『第二の性』（1949年）である。彼女は特に1970年代の第二波フェミニズムの闘争において、女性の大義のために献身的に行動する。また、1929年のジャン＝ポール・サルトルとの出会い以来、このカップルは自由な関係と知的共同作業のモデルとして知られている。

序文

エリアーヌ・ルカルム＝タボンヌ

元リール第Ⅲ大学助教授。専門は自伝文学研究。『フランスの自伝文学』（共著、アルマン・コラン社、1997年）。叢書フォリオテーク（ガリマール社）で、ボーヴォワールの『娘時代』や『第二の性』の「解説」を担当、『カイエ・ド・レルヌ』誌のボーヴォワール特集号（レルヌ社、2012年）の共編者。

訳者紹介

井上たか子（いのうえ・たかこ）

獨協大学名誉教授。シモーヌ・ド・ボーヴォワール『決定版 第二の性』（共訳、新潮社、1997年）、「シモーヌ・ド・ボーヴォワールの今日的意義―《女であること》と《女性の権利》」辻村みよ子編『ジェンダーの基礎理論と法』（東北大学出版会、2007年）、『フランス女性はなぜ結婚しないで子どもを産むのか』（編著、勁草書房、2012年）、「サルトルとボーヴォワール―『第二の性』の場合」澤田直編『サルトル読本』（法政大学出版局、2015年）、フランソワーズ・エリチエ『男性的なもの／女性的なもの Ⅰ・Ⅱ』（共訳、明石書店、2016・17年）など。

ISBN978-4-409-13039-1　C0097

モスクワの誤解《ごかい》

二〇一八年三月二〇日　初版第一刷印刷
二〇一八年三月二五日　初版第一刷発行
著　者　シモーヌ・ド・ボーヴォワール
訳　者　井上たか子
発行者　渡辺博史
発行所　人文書院
〒六一二-八四四七
京都市伏見区竹田西内畑町九
電話〇七五・六〇三・一三四四
振替〇一〇〇〇-八-一一〇三
印刷製本　創栄図書印刷株式会社
装丁　田端恵㈱META
落丁・乱丁本は小社送料負担にてお取り替えいたします

http://www.jimbunshoin.co.jp/

シモーヌ・ド・ボーヴォワール著　朝吹三吉訳

老い〔新装版〕

老いとはなにか。人生の究極的意味とは。哲学者として、女性として、忍び寄る「老い」について考える。老人化する社会に一石を投じた名著。

上下各三〇〇〇円

ジャン＝ポール・サルトル著　鈴木道彦訳

嘔吐〔新訳〕

名訳でよむサルトル。存在の真実を探る冒険譚。

一九〇〇円

クロード・ランズマン著　中原毅志訳、高橋武智解説

パタゴニアの野兎　ランズマン回想録

サルトルとの交友、ボーヴォワールとの同棲、ホロコーストの衝撃を伝えた『ショア』の監督ランズマンによる自伝。

上下各三二〇〇円